공부가 되는
한국대표고전

2

공부가 되는
한국대표고전2

초판 1쇄 인쇄 2011년 10월 10일
초판 1쇄 발행 2011년 10월 20일

지은이 글공작소

책임편집 주리아
책임디자인 노민지

펴낸이 이상순
주　간 서인찬
편집장 박윤주
기획편집 윤소라, 인우리, 김자경, 안지선, 이소연
디자인 오세라, 김수원
마케팅 홍보 김미숙, 이상광, 박순주

펴낸곳 (주)도서출판 아름다운사람들
주소 (413-756) 경기도 파주시 교하읍 문발리 파주출판문화정보단지 534-2
대표전화 (031)955-1001 **팩스** (031)955-1083
이메일 books777@naver.com
홈페이지 www.books114.net

ⓒ2011, 글공작소
ISBN 978-89-6513-110-6 63810
　　　978-89-6513-111-3 (세트)

공부가 되는
한국대표고전

지음 글공작소 | **추천** 정명순 (대송초등학교 교사)

2

아름다운사람들

공부가 되는 한국대표고전 2

 입에서 입으로 전해진 이야기

한문으로 쓰인 고전 문학

판소리계의 대표 소설

아이들이 『공부가 되는 한국대표고전』을 읽으면 좋은 이유

1 상상력과 창의력을 우리 고전에서 기른다!

공상은 내 마음대로 하는 것이지만 상상력과 창의력은 이성과 과학, 교양, 지식 등 현실의 힘을 바탕으로 만들어 내는 생각의 힘입니다. 이런 생각의 힘을 만들어 내는 근원은 동서고금을 막론하고 제일 밑바탕을 이루는 것이 바로 인류의 위대한 유산인 고전입니다. 이처럼 인간은 고전을 밑바탕으로 삼아 모든 상상력과 창의력의 날개를 펼치기에 고전은 한마디로 상상력과 창의력의 창고라고 할 수 있습니다.

특히 한국대표고전을 통해 우리만의 독창적이고 차별성 있는 색깔을 느끼고 공감하면서 다른 민족과는 다른 우수한 상상력과 창의성을 드러내고 기를 수 있습니다.

2 교과서에 나오는 필수 한국대표고전

고전은 모든 인류의 지식과 상상력의 보물 창고입니다. 그래서 모든 국가의 교육 정책에는 반드시 세계의 고전과 아울러 자기 나라의 고전을 빠짐없이 읽게 하는 교육 과정이 포함되어 있습니다. 우리나라도 예외 없이 초등학교에서 시작해 고등학교까지 교과 과정을 통해 고전을 공부하도록 소개하고 있습니다. 『공부가 되는 한국대표고전』에 나오는 고전들은 모두 우리 교과서에 어김없이 등장하는 내용들이기에 우리 아이들이 반드시 한 번이상은 읽고 배워야 하는 필수 한국대표고전입니다. 이 책에 나오는 고전만 읽어도 우리 아이들이 고등학교 고전까지 모두 연마할 수 있습니다.

3 뛰어난 이야기성, 풍자와 해학 그리고 멋이 담긴 우리 고전

돈과 술 그리고 바늘을 의인화해 이야기를 풀어 나가는 「공방전」, 「국선생전」, 『조침문』. 몽환적이고 아름다운 『구운몽』. 재치와 해학이 돋보이는 『장끼전』과 『토끼전』. 시대를 풍자한 『배비장전』과 「양반전」. 뛰어난 이야기성에 상상력이 더해진 연오랑과 세오녀 그리고 단군신화 등등. 이런 우리 고전은 뛰어난 이야기성과 상상력을 겸비하고 있으면서도 서양의 고전에서는 맛볼 수 없는 풍자와 해학 그리고 자연과 어우러진 우리 민족 고유의 멋스러움을 간직하고 있습니다. 또한 우리 고유의 정서와 운율이 넘치는 문장과 더불어 그 시대 상황을 멋스럽게 풍자한 차원 높은 한국대표고전들입니다.

4 공부의 즐거움을 깨치는 〈공부가 되는〉 시리즈

〈공부가 되는〉 시리즈는 공부라면 지겹게만 여기는 우리 아이들에게 공부의 즐거움을 깨쳐 주면서 아울러 궁금한 것이 많은 우리 아이들의 지적 호기심을 동시에 해결해 주는 시리즈입니다. 공부의 맛과 재미는 탄탄한 기초 교양의 주춧돌 위에 세워질 때 그 효과가 배가됩니다. 그리고 그 기초 교양은 우리 아이들이 학습에서 자기 주도적 능력을 이끌어 내는 데 큰 밑거름이 됩니다. 『공부가 되는 한국대표고전』은 원작의 느낌을 고스란히 살려 내면서도 아이들이 이해하기 쉽게 풀이해 놓아 부담 없이 접할 수 있습니다. 우리 아이들이 꼭 읽어야 할 대표고전을 골랐기에 흥미와 재미를 유발시켜 고전의 참맛을 일깨워 줄 것입니다. 이 책을 통해 우리 문학과 문화, 역사 그리고 무궁무진한 상상력과 창의력을 배양하고 더 큰 세계를 바라볼 수 있는 눈을 키우길 바랍니다.

입에서 입으로 전해진 이야기

단군신화·온달전
연오랑과 세오녀

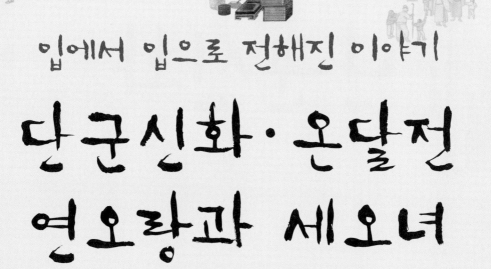

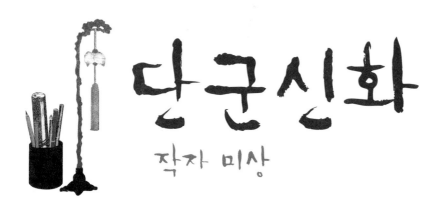

단군신화
작자 미상

하느님의 아들인 환웅은 언제나 인간들의 세상으로 내려가 살고 싶어 했어요. 그래서 하느님은 그에게 방울●과 칼●, 거울●을 주며 널리 인간을 이롭게 하도록 하였어요.

환웅은 삼천 명의 무리를 거느리고 태백산 꼭대기의 신단수 아래로 내려와 그곳에서 제사와 정치를 다스리며 스스로를 환웅천왕이라 칭했어요.

또한 환웅은 바람을 다스리는 신 풍백, 비를 다스리는 신 우사, 구름을 다스리는 신 운사를 데려와 곡식, 수명, 질병, 형벌, 선악 등 인간의 삶에 필요한 삼백육십여 가지의 일을 보살피며 평화로운 세상을 만들었어요.

한편 사람이 되고 싶었던 곰과 호랑이는 신령님을 찾아가 방법을 물었어요.

"사람이 된다면 무슨 일이든 하겠습니다. 방법이 없겠습니

●

방울 … '소리로 세상을 깨우쳐라'는 뜻

칼 … '죄악을 칼같이 끊어라'는 뜻

거울 … '마음을 들여다보아라'는 뜻

까?"

그러자 신령은 쑥과 마늘을 주면서 말했어요.

"너희들이 백 일 동안 이것만 먹고 햇빛을 보지 않는다면, 사람이 될 수 있을 것이다."

곰과 호랑이는 그의 말에 따라 캄캄한 굴 속으로 들어갔어요.

그러나 오랫동안 쑥과 마늘만을 먹으며 지내는 것은 결코 쉬운 일이 아니었어요. 결국 참다못한 호랑이는 포기하고 굴 밖으로 뛰쳐 나갔어요.

하지만 참을성을 가지고 끝까지 버틴 곰은 마침내 백 일이 되던 날, 웅녀라는 이름의 여자가 되었어요. 웅녀는 자신의 아이를 가지고 싶었지만 마땅한 배필을 찾지 못했어요. 이 소식을 전해 들은 환웅은 그녀를 불러 말했어요.

"내 너와 혼인하여 아들을 낳겠다."

얼마 후, 웅녀와 환웅 사이에서 건강한 아들이 태어났는데 바로 그가 단군왕검이에요. 단군은 고조선이라는 나라를 세우고 '아침 해가 비치는 곳'이

홍익인간

홍익인간은 '널리 인간을 이롭게 한다'라는 뜻으로 우리나라 정치, 경제, 사회, 문화의 기본 바탕을 이루는 최고 이념이에요. 고려 충렬왕 때 일연이 쓴 『삼국유사』에 최초로 기록되어 있으며 다양한 의미가 포함되어 있지요. 첫째는 '사회의 끊임없는 발전'이에요. 단군신화에서도 환웅은 곡식과 생명, 질병과 형벌, 선과 악 등 인간 사회의 온갖 일을 주관하며 홍익인간을 실천하기 위해 노력하고 있지요. 둘째는 '조화와 평화를 중요시하는 세계관'이에요. 단군신화는 다른 나라의 신화들과 다른 독특한 특징이 있어요. 바로 신들 사이의 대립이나 신과 인간 사이의 갈등이 전혀 나타나지 않는다는 점이에요. 이처럼 홍익인간은 더불어 사는 삶을 중시하는 우리 민족의 특징을 잘 보여 주고 있어요.

란 뜻의 아사달을 도읍으로 정하여 천오백
년 동안 백성을 다스렸어요. 그리고 천아흔
여덟 살에 이르러 산신이 되었어요.

탄생 신화와 건국 신화

신화는 민족 사이에서 전해져 내
려오는 이야기 중에서 신적 존재
에 관한 내용을 담고 있는 것을
말해요. 신에 관한 이야기이거나
자연과 우주에 대한 이야기 그리
고 신성시 여겨지는 이야기들이
신화에 속해요. 신화는 인간 이
상의 존재인 신을 다룬 이야기이
기 때문에 신성하고 신비스럽게
여겨져요. 그중에 신격화된 인물
의 탄생을 다루면 탄생 신화, 그
인물이 나라를 세우는 이야기는
건국 신화라고 불러요. 단군신화
는 우리나라의 대표적인 건국 신
화이고 신라의 임금이 된 박혁거
세가 알에서 태어났다는 이야기
등은 탄생 신화가 되는 것이에요.

온달전

작자 미상

옛날 고구려 평강왕 시대에 온달이라는 사람이 있었어요. 얼굴이 울퉁불퉁하고 못생긴 그는 가난한 형편에 홀어머니를 모시고 어렵게 살고 있었어요. 사람들은 항상 다 떨어진 옷과 신발을 신고 다니는 그를 우습게 여겨 바보 온달이라 불렀어요.

한편, 평강왕에게는 어린 딸이 있었는데 사소한 일에도 울음을 터뜨리는 울보였어요. 그래서 왕은 딸을 달래기 위해 늘 이렇게 말하고는 했어요.

"울음을 뚝 그치지 않으면 훗날 너를 바보 온달에게 시집보낼 것이야."

이렇게 울보였던 공주가 어느덧 아름답게 자라서 시집갈 나이가 되었어요. 왕은 많은 후보들 가운데 고르고 골라 소문난 명문가에 딸을 시집보내기로 했어요.

그러자 공주가 말했어요.

"아버지께서는 늘 저를 바보 온달에게 시집보내겠다고 말씀하셨습니다. 거짓말은 일반 백성들에게도 큰 죄인데 하물며 임금은 어떻겠습니까? 아비를 죄인으로 만들 수 없으니 저는 바보 온달과 혼인을 할 것입니다."

왕은 매우 화가 나 소리쳤어요.

"내 명령을 따르지 않겠다면 당장 궁을 떠나거라!"

공주는 자신이 가지고 있던 몇몇 보물을 챙겨 궁을 나왔어요. 그리고 사람들에게 길을 물어 온달의 집으로 갔어요.

마침 늙고 쇠약한 온달의 어머니가 홀로 집을 지키고 있었어요. 공주는 그 앞에 살포시 절을 하며 물었어요.

"온달님은 지금 어디 계신지요?"

"배고픔을 이기지 못하고 산으로 먹을 것을 구하러 갔습니다. 그런데 무슨 일 때문에 그러시오?"

그때, 느릅나무 껍질을 등에 진 온달이 집으로 들어 왔어요. 공주는 그를 반갑게 맞이했어요.

"어서 오세요. 저는 당신과 부부의 연을 맺기 위해 이렇게 찾아 왔답니다."

온달은 깜짝 놀랐어요. 좋은 집에서 귀하게 자란 듯 보이는

아가씨가 초라하기 그지없는 자신과 혼인을 하겠다니 그럴 수
밖에요.

"보시다시피 저는 가난하고 누추한 몸입니다. 그런데 어떻
게 당신처럼 귀한 분을 아내로 맞을 수 있겠습니까? 그만 돌아
가시지요."

온달은 냉정히 말하고 방으로 들어가려고 했어요. 그러나
공주는 당차게 말을 이었어요.

"재물이 많고 적음이 무슨 소용이겠습니까? 저는 반드시 온
달님과 결혼할 것입니다."

결국 온달은 그녀의 고집을 꺾지 못하고 함께 살기로 결심
했어요.

공주는 궁에서 가져온 재물을 팔아 새로운 집과 농사지을
땅을 마련했어요. 그런 다음 온달에게 남은 돈을 주며 이렇게
일렀어요.

"시장에 가서 말을 한 필 사 오세요. 건강한 말은 값이 비싸
니 병들고 여윈 놈으로요."

공주는 온달이 사온 말을 정성껏 보살펴 살을 찌우고 튼튼
하게 만들었어요. 그리고 이번엔 온달에게 말 타는 법을 철저
히 익히도록 하였어요.

얼마 후, 나라 안에 큰 사냥 대회가 열렸어요. 당시 고구려는

삼월 삼일이 되면 낙랑의 언덕에 모여 사냥을 하고 그날 잡은 짐승을 제물로 바쳐 제사를 지냈어요. 공주의 아버지인 평강왕도 여러 신하들을 거느리고 사냥에 나섰어요. 그런데 단연 눈에 띄는 사람이 있었어요. 그는 말을 타는 솜씨가 훌륭할 뿐 아니라 짐승도 가장 많이 잡아 감히 따라 올 자가 없었어요.

"저자의 이름이 무엇이냐?"

왕이 물었어요.

"온달이라 하옵니다."

"온달? 내 딸과 결혼한 그 바보 온달 말이냐?"

왕은 놀라움을 금치 못하고 그를 불러 들였어요. 그리고 예전과 몰라보게 달라진 늠름한 모습에 감탄했어요.

"사람들의 웃음거리였던 네가 어찌 이리 훌륭하게 변한 것이냐?"

"이 모든 게 따님이신 평강 공주 덕분입니다."

온달은 겸손하게 말했어요. 왕은 그를 기특히 여겨 장군의 벼슬을 내렸어요. 장군이 된 온달은 큰 전쟁이 있을 때마다 맨 앞에서 군사들을 지휘하며 용맹하게 적을 물리쳤어요.

평강왕이 세상을 뜨고 영양왕이 왕위에 오른 뒤에도 온달의 위엄과 권세는 날로 더해졌어요.

그러던 어느 날, 신라가 무서운 기세로 고구려를 공격해 왔어요. 온달은 급히 궁으로 들어가 왕 앞에 무릎을 꿇고 말했어요.

　"신라가 한강 북쪽 땅을 빼앗아 백성들을 괴롭게 하고 있습니다. 왕께서 제게 군사를 내 주신다면 기필코 승리하여 땅을 되찾아 오겠습니다."

　왕은 그의 청을 흔쾌히 허락했어요. 온달은 전쟁터에 나가기 전 공주에게 맹세했어요.

　"적들을 몰아내고 땅을 되찾지 못하면 돌아오지 않겠소."

　그러나 신라군과 치열하게 싸우던 온달은 그만 적군의 화살에 맞아 목숨을 잃고 말았어요.

조상들의 이야기가 담긴 설화

설화는 각 민족 사이에 전해져 오는 신화, 전설, 민담 따위를 통틀어 이르는 말로 글이나 책과 같은 기록이 아닌 입에서 입으로 전해져 내려오는 이야기를 말해요. 설화는 오래 전부터 우리 민족의 생활 속에서 만들어진 것이기 때문에 이야기 속에 민족의 역사, 신앙, 관습, 생활 등이 들어 있어 우리 조상들의 생활과 정신을 엿볼 수 있어요.

　공주는 싸늘한 시신이 되어 돌아온 남편을 보고 깊은 슬픔에 빠졌어요. 그런데 더욱 이상한 일이 벌어졌어요. 장사를 지내기 위해 관을 옮기려 해도 어쩐 일인지 꿈쩍도 하지 않는 것이었어요. 기운 센 장정 여럿이 있는 힘을 다해 들어 보았지만 소용이 없었어요. 그러자 공주는 조용히 관을 어루만지며 말했어요.

　"죽고 사는 것은 하늘이 정하는 일입니다. 이제 그만 한을 푸시고 편안히 잠드세요."

그때였어요. 도통 움직일 것 같지 않던 관이 움직이기 시작한 거예요. 그리고 온달은 공주와 함께 살던 집 뒷산의 양지 바른 땅에 묻혔어요.

사람들은 바보라 불리던 남편을 용맹한 장수로 만든 평강 공주와 나라를 위해 목숨을 바친 온달을 오래도록 기억하며 칭송하였어요.

연오랑과 세오녀

작자 미상

신라의 아달라왕 때의 일이에요. 157년, 동해 바닷가에는 연오랑과 세오녀라는 부부가 오손도손 살고 있었어요. 어느 날 연오랑이 바다에 나가 해초를 따고 있는데, 갑자기 바위 하나가 나타났어요. 연오랑이 이상하게 여겨 가까이 다가가 바위 위에 올라서니 갑자기 바위가 움직이는 것이었어요. 연오랑이 미처 뛰어내릴 새도 없이 연오랑을 태운 바위는 빠르게 바다를 건넜어요. 연오랑이 바위를 타고 도착한 곳은 먼 나라 일본이었어요. 일본 바다 앞에 떡 하니 바위를 타고 나타난 연오랑을 보고 사람들은 신기하게 생각했어요.

"이분은 보통 사람이 아닐 거야."

그래서 일본 사람들은 연오랑을 왕으로 세웠어요.

한편, 세오녀는 남편이 돌아오지 않자 걱정스러운 마음에 바닷가에서 하염없이 그를 기다렸어요. 바닷가 근처를 서성이고 있을 때, 남편이 벗어 놓은 신발을 바위 위에서 발견했어요. 반가운 마음에 바위 위로 올라가자 바위는 세오녀를 싣고 또 일본으로 갔어요. 또 한 번 바위를 탄 사람이 바다를 건너오자 그 나라 사람들은 놀랄 수밖에 없었어요. 사람들은 세오녀를 이끌고 가 왕인 연오랑 앞으로 데려갔어요.

"여보!"

두 사람은 서로의 손을 붙잡고 다시 만난 것을 크게 기뻐했어요. 이에 사람들은 하늘의 뜻이라 여기며 세오녀를 왕비로 삼았어요.

이때 신라에서는 해와 달이 빛을 잃어 모두들 걱정하고 있었어요. 태양을 관측하고 나라의 좋은 일과 나쁜 일을 점치던 관리가 왕에게 말했어요.

"원래 해와 달의 기운은 우리나라에 내려와 있었사옵니다. 그런데 이제 일본으로 가 버렸으니 이런 괴상한 일이 생긴 것이지요."

왕은 얼른 일본으로 신하를 보냈어요. 연
오랑은 신라의 신하에게 말했어요.

"내가 이 나라에 온 것은 하늘이 시킨 것이
니 돌아갈 수 없는 일이오. 대신 나의 왕비가
짠 고운 비단을 주겠소. 이것으로 하늘에 제
사를 지내면 원래대로 돌아올 것이오."

신하는 비단을 받고 다시 신라로 돌아왔어
요. 연오랑의 말대로 비단으로 하늘에 제사
를 드렸더니, 해와 달의 기운이 다시 돌아오
게 되었어요. 이에 그 비단을 궁궐 창고에 고
이 모시며 국가의 보물로 삼았어요. 그리고 그 창고를 '귀비고'
라 불렀어요. 또한 하늘에 제사를 지낸 곳을 해맞이 고을이라
는 뜻인 '영일현'으로 지었어요. 또 어떤 이들은 그곳을 해돋이
들이라고 하여 '도기야'라고 불렀다고도 해요.

신화, 전설, 민담의 다른 점

신화는 민족정신이나 나라를 세
운 신에 대한 신앙과 그에 대한
신비로움 등에 대한 이야기이고
전설은 비범한 인물의 위대한 업
적이나 산, 바위, 동물 등과 같이
어떤 사물과 얽히고 결합된 이야
기를 일컬어요. 그리고 일반 사
람들 사이에 전해 내려오며 재미
와 교훈을 주는 이런 저런 이야
기를 민담이라고 해요.

한문으로 쓰인 고전 문학

만복사저포기
이생규장전 · 양반전
허생전 · 슬견설 · 차마설

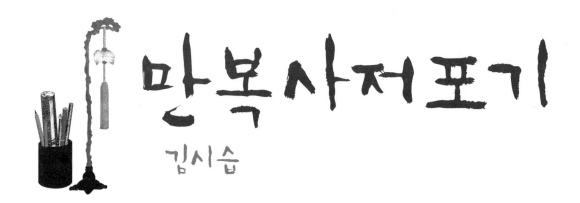

만복사저포기
김시습

전라도 남원에 양생이란 사람이 살고 있었어요. 양생은 어렸을 때 부모님을 여의고 늦게까지 장가들지 못한 노총각이었어요. 양생은 만복사라는 절 한편에 있는 조그만 방에서 지내고 있었어요.

어느 날 밤, 잠을 이루지 못한 양생은 만복사 뜰 앞을 거닐고 있었어요. 만복사 뜰에는 흰 꽃이 아름답게 핀 배나무 한 그루가 있었어요. 따뜻한 봄기운을 받고 핀 꽃들은 달빛에 환하게 보였어요.

"봄이 와서 꽃들도 활짝 피었건만 나만 홀로 외롭구나!"

양생은 흰 꽃이 만발한 배나무를 보며 중얼거렸어요. 그리고 외로운 자신의 모습을 시로 읊었어요.

한 그루의 배꽃 나무 외로움을 친구 삼으니

휘영청 달 밝은 밤 시름도 많구나.

푸른 꿈 홀로 누운 고요한 창밖으로

들려오는 저 퉁소 소리, 어느 님이 불고 있나

외로운 저 물총새는 짝을 잃고 날아가고

원앙도 저 혼자 맑은 물에 노니는데

어느 집 아가씨에게 이 마음을 줄까

두둥실 하염없이 바둑이나 두면서

등불만 가물가물 이내 신세 점치네!

양생이 시를 다 읊고 나자 공중에서 갑자기 이상한 소리가 들려 왔어요.

"그대가 진심으로 좋은 배필을 만나고자 하니 곧 이루어질 것이오."

이 소리를 듣고 양생은 매우 기뻐했어요.

이튿날은 삼월 이십사 일이었어요. 양생이 사는 마을에는 해마다 이날이 되면 많은 젊은이들이 만복사에 찾아가 향불을 피우고는 각기 제 소원을 비는 풍습이 있었어요.

늦은 밤, 양생은 저녁 예불이 끝나자 법당에 들어가서 소매에 깊이 간직하고 있던 저포를 꺼내어 먼저 부처님께 소원을 빌었어요.

"부처님, 오늘 저녁, 제가 부처님과 함께 저포 놀이●를 하려

● 저포 놀이 … 나무로 주사위 같은 것을 만들어 던져서 승부를 겨루는 윷놀이와 비슷한 것

고 합니다. 만약에 제가 지면 부처님 말씀을 전하는 모임을 차려서 부처님께 보답할 것이고, 만일 부처님께서 지시면 아름다운 아가씨를 제 배필로 얻게 해 주시옵소서."

양생이 그렇게 소원을 빈 다음 떨리는 마음으로 저포를 던졌는데 양생이 승리하게 되었어요.

"되었구나! 부처님, 저와 약속하신 것을 꼭 지켜 주십시오."

양생이 기뻐하며 부처님 앞에 꿇어앉아 기도를 올리고 부처님을 모신 탁자 뒤에 숨어서 주변을 살폈어요.

잠시 후 한 아가씨가 들어왔어요. 열대여섯 살 정도 되어 보이는 그 아가씨는 새까만 머리에다 화장을 곱게 한 얼굴이 마치 구름을 타고 내려온 월궁●의 선녀 같았어요. 그녀는 얌전하게 흰 손으로 등잔에 기름을 부어 불을 켜고 향로에다 향을 꽂은 뒤, 세 번 절하고는 꿇어앉아 슬피 탄식하며 말했어요.

"아, 인생이 어쩜 이렇게 모질 수 있습니까?"

그녀는 품안에 간직했던 축원문●을 부처님 앞에 꺼내어 놓고는 또다시 흐느껴 울었어요. 그 우는 모습이 어찌나 슬퍼 보였는지 양생은 감정을 억누르지 못하고 탁자 뒤에서 뛰어나오며 물었어요.

"아가씨, 도대체 당신이 지금 부처님께 바친 축원문은 무슨 내용이오?"

양생은 그녀가 올린 축원문을 집어 들고 얼른 훑어보았어

●

월궁 ⋯ 전설에서 달 속에 있다는 궁전

축원문 ⋯ 부처님께 바라는 소망을 적은 글

요. 축원문에는 그녀가 자신의 배필을 부처님께서 찾아달라는 글이 쓰여 있었어요. 그녀는 한밤중에 갑자기 뛰어나온 양생을 보고 놀라 물었어요.

"당신은 누구신데 이 밤에 홀로 여기에 있는 겁니까?"

"아가씨, 저도 분명 사람이오니 이상하게 보지 마십시오. 당신은 지금 좋은 배필을 구하려 하는구려. 당신도 나와 같은 입장이오. 이렇게 만나게 된 것도 인연이지 않겠소."

양생이 그녀의 손을 꼭 잡자 그녀는 부끄러운 듯 고개를 숙이고 말했어요.

"자비로우신 부처님께서 이렇게 고운 님을 점지해 주셨으니 저도 기쁩니다."

이 말에 양생은 크게 기뻐하며 두 사람은 부부의 연을 맺게 되었어요. 두 사람이 손을 맞잡고 기뻐하고 있을 때 밖에서 갑자기 발걸음 소리가 들려왔어요. 그녀가 놀라 문을 열어 보니 그녀의 시중을 드는 아이었어요.

"아가씨, 이런 밤중에 어찌 만복사까지 오셨습니까?"

시녀가 묻자 그녀가 대답했어요.

"부처님 덕에 내 배필을 만나게 되었다. 미처 부모님께 알리

지 못한 것은 죄송스럽지만 꽃다운 인연을 맺게 되었으니 기쁘지 않겠느냐? 너는 빨리 돌아가 술상을 차려 오너라."

시녀는 그녀의 말에 물러간 지 얼마 안 되어 돌아와 절 한쪽 뜰에 커다란 술상을 차렸어요. 양생이 술상을 살펴보니 그릇들은 희고 맑았으며 술잔에서는 신기한 향기가 풍기는데, 그것은 인간의 솜씨가 아닌 듯했어요. 새벽 두 시가 넘는 이 시간에 신비로운 술상을 받은 양생은 뭔가 수상하다는 생각이 들었지만 그냥 잊어버리기로 했어요. 그녀는 양생에게 술잔을 권하며 시녀에게 노래를 부르도록 명한 뒤 말했어요.

"이 아이는 옛날 노래밖에 알지 못한답니다. 당신이 저를 위하여 노래 한 수를 지어 이 아이에게 부르게 해 주세요."

"그럽시다."

양생은 흔쾌히 응낙하고는 한 곡조를 지어 시녀에게 부르게 했어요. 노래를 다 듣고 나자 그녀는 슬픈 표정으로 말했어요.

"당신을 더 빨리 만나지 못한 것이 못내 한스럽지만, 오늘이라도 이렇게 만날 수 있어 다행입니다. 당신이 저를 사랑해 주신다면 당신과 함께 백년고락●을 누려 볼까 하옵니다. 만약 당신이 저를 버리신다면 저는 영원히 이 세상을 떠나 사라지겠습니다."

양생은 이 말을 듣고 놀랍기도 하고 한편으로는 고마워서 대답했어요.

● **백년고락** … 긴 세월 동안의 괴로움과 즐거움을 아울러 이르는 말

"그렇게 말해 주니 참으로 고맙소. 내가 어찌 당신을 버리겠소."

하지만 그녀의 태도가 아무래도 평범하지 않았기에 양생은 그녀를 찬찬히 살폈어요. 마침내 서쪽 산봉우리에 달이 걸리고, 먼 마을에서 닭 우는 소리가 들렸어요. 절의 새벽 종소리가 들려오자 날이 새기 시작했어요. 그러자 그녀가 시녀에게 명령하였어요.

"어서 술자리를 거두고 돌아가거라."

시녀가 어디론가 사라지고 나자, 그녀는 양생에게 말했어요.

"아름다운 인연을 이미 이루었으니 낭군님을 저희 집으로 모실까 합니다."

양생은 기꺼이 승낙하고는 그녀의 손을 잡고 절을 나섰어요. 둘이 마을을 지날 때, 사람들이 길을 지나다니고 있었어요. 그런데 이상한 일이었어요. 갑자기 울타리 밑에서 개들이 짖기 시작했고, 양생이 그녀와 함께 걸어가는 모습을 보았다는 이가 아무도 없었어요.

양생이 그녀의 뒤를 따라 깊은 숲을 헤치고 가는데, 가는 길마다 이슬이 바지를 흠뻑 적셔서 갈 길이 막막했어요. 양생은 의아하게 생각하며 물었어요.

"당신이 사는 곳에 가는 길은 어찌하여 이렇게 쓸쓸하오?"

"노처녀 사는 곳이 원래 그렇지요."

한참을 걷다가 어떤 곳에 이르니 쑥밭이 가득하고 커다란 나무 뒤에 작은 초가집이 나타났어요. 그녀는 양생을 그곳으로 이끌고 들어갔어요. 방 안에는 포근해 보이는 이부자리가 깔려 있었고 어젯밤에 보았던 것처럼 진수성찬●이 차려진 상이 놓여 있었어요. 양생은 즐거운 마음으로 이틀 동안 그녀와 함께 지냈어요.

삼 일째 되던 날, 갑자기 그녀가 양생에게 이렇게 말했어요.

"이곳의 사흘은 인간의 삼 년과 같으니, 우리가 인연을 맺은 지도 오래되었습니다. 이제 인간 세계로 돌아가시는 것이 어떻겠습니까?"

"갑작스레 그게 웬 말이오?"

"오늘 못다 한 정은 다음 생에서 다시 만나 이룰 수 있을 것입니다."

양생은 그녀와 헤어지는 것이 서운했지만 어쩔 수 없이 인간 세계로 돌아가기로 했어요.

그녀는 이제 떠나는 양생을 위해 잔치를 베풀어 주고 은으로 만든 잔 하나를 꺼내 주면서 말했어요.

"내일은 제 부모님께서 저를 위하여 보련사에서 음식을 베푸실 것이니, 당신이 저를 진정으로 버리지 않으신다면 보련사 가는 길에서 기다렸다가 저와 함께 부모님을 뵙는 것이 어떻겠습니까?"

"그럽시다."

그리고 이튿날 그녀의 말대로 은잔을 가지고 보련사로 가는 길가에서 기다리고 있었더니, 어떤 양반의 행렬이 딸의 대상●을 치르려고 보련사를 향하여 가는 것이었어요. 그런데 그 양반을 따르는 하인이 양생이 들고 있는 은잔을 보고 깜짝 놀라 주인 양반에게 달려가 고했어요.

"우리 아가씨 장례 때 무덤 속에 같이 묻었던 은잔을 어떤 사람이 훔쳐서 나타났습니다."

"그게 무슨 말이냐?"

양반이 놀라 하인에게 묻자 하인이 양생을 가리키며 대답했어요.

"저기 있는 저 서생이 들고 있는 게 아가씨의 은잔 아닙니까?"

"정말 그러하구나."

양반은 즉시 말을 멈추고 양생에게 다가가 은잔을 갖게 된 과정을 물었어요. 양생은 그동안 자신에게 있었던 사실을 빠짐없이 그대로 이야기했어요. 양반은 한참을 멍하니 서 있다가 입을 열었어요.

"내게 외동딸이 있었는데 임진왜란에 그 딸을 잃었네. 그 뒤, 정식으로 장례를 치르지 못한 채 개령사 곁에 묻어 두고는 머뭇거리다가 이 년이 지나버렸네. 그러다가 오늘이 벌써 대

진수성찬 … 푸짐하게 잘 차린 맛있는 음식

대상 … 사람이 죽은 뒤, 두 해 만에 지내는 제사

임진왜란

임진년인 1592년, 우리나라와 일본 사이에 벌어진 전쟁을 임진왜란이라고 해요. 당시 일본은 명나라 정벌을 이유로 조선에 협력을 요구했어요. 그러나 조선이 거부하자 침략해 온 것이지요. 율곡 이이의 '십만 양병설'을 무시하는 등 국방 대비에 소홀했던 조선은 조총으로 무장한 일본군에 비해 무방비 상태나 다름없었어요. 패배를 거듭하던 조선은 급기야 왕이 서울을 버리고 평양으로 피난길에 오르는 지경에 이르렀어요. 상황이 악화되자 곳곳에서는 의병이 일어나 왜군에 맞섰고 이순신 장군이 출동하여 활약했어요. 임진왜란은 노량대첩을 끝으로 일본군이 물러가면서 칠 년 만에 겨우 끝이 났어요. 그러나 이 전쟁으로 국토가 황폐해지고 많은 인명과 재산, 그리고 문화재를 잃는 등 조선은 심각한 타격을 받았어요.

상날이라 부모 된 도리로 딸의 넋이라도 풀어 주기 위해 보련사로 가는 길이네. 자네는 우리 딸을 기다렸다가 함께 오게."

양생은 혼자 그녀를 기다렸어요. 약속했던 시간이 되자 그녀는 시녀를 데리고 도착했어요. 두 사람은 손을 잡고 함께 절로 향했어요. 그녀는 먼저 부처님께 예를 드리고 흰 휘장 안으로 들어갔는데, 그녀의 친척들과 승려들은 아무도 그녀를 보지 못했어요. 다만 양생만이 그녀를 보고 그녀의 부모님에게 말했어요.

"따님의 모습이 보이지 않으십니까? 지금 휘장 뒤에서 식사를 하고 있습니다."

양생의 말에 그녀의 부모님은 고개를 갸웃하며 직접 휘장 속을 엿보았어요. 그러나 딸의 얼굴은 보이지 않고 다만 수저 소리만 달그락거리며 들릴 뿐이었어요. 그녀는 양생을 휘장 안으로 불러 말했어요.

"이제 제 신세를 말씀드려야겠습니다. 저는 이 세상 사람이 아닙니다. 제가 일찍 죽는 것이 억울하여 부처님께 한탄을 하던 중 서방님을 만나 평생 모시려 했사오나 이제 저승길로 떠나야만 합니다. 이제 헤어지면 언제 다시 만날지 모르니 이걸 어찌하면 좋습니까?"

이렇게 말하고 그녀는 소리를 내어 울었어요. 이윽고 대상을 마친 사람들이 그녀의 혼백을 떠나보내니 양생의 눈에 그녀가 보이지 않고 슬픈 울음소리만 조그맣게 들리다가 이내 멀어져 갔어요.

"정말로 내 딸이 왔다 갔나보오. 그대가 우리의 사위가 되어 주었으면 하오."

그녀의 부모는 휘장 안에서 식사를 하는 딸의 소리를 듣고 양생이 말한 일이 사실임을 알았고, 양생도 그녀가 확실히 이 세상 사람이 아님을 알았어요. 그녀와 다시는 만날 수 없음을 알게 된 양생은 슬픈 마음을 이기지 못하고 그녀의 부모와 함께 통곡할 뿐이었어요. 그녀의 부모는 양생에게 말했어요.

"그 은잔은 자네에게 맡기겠네. 또한 내 딸이 갖고 있던 밭과 노비 몇을 자네에게 줄 테니 부디 우리 딸을 잊지 말아 주게나."

이튿날 양생은 고기와 술을 가지고 그녀와 만났던 만복사 주변을 찾아갔어요. 그곳에는 새 무덤이 하나 있었어요. 양생은 음식을 차려 슬피 울면서 그녀를 위해 장례를 정중히 치러 주었어요.

그 뒤 양생은 결국 슬픔을 견디지 못하고, 그녀의 부모님에 게서 받은 집과 밭을 모두 팔아 저녁마다 제사를 드렸는데, 하루는 그녀가 공중에서 양생을 부르며 말했어요.

"서방님의 은덕으로 저는 다른 나라에서 남자의 몸으로 태어나게 되었습니다. 저를 사랑해 주신 서방님의 은혜를 제가 어찌 잊겠습니까? 허나 이만 서방님께서도 저를 잊고 세상에서 행복하게 지내옵소서."

그 모습을 마지막으로 그녀는 더 이상 양생 앞에 나타나지 않았어요. 양생은 그 후 다시 장가를 들지 않고 지리산에 들어가 약초를 캐면서 살았는데, 그 뒤로는 양생을 본 사람이 한 명도 없다고 해요.

이생규장전

김시습

개성에 이생이라는, 열여덟 살 된 총각이 살고 있었어요. 이생은 얼굴이 말끔하고 재주가 비범하며 학문에 뜻을 두어, 성균관에 다닐 때, 길에서도 부지런히 글을 외우곤 했어요.

그리고 선죽리에는 최랑이라는 양반집 처녀가 살고 있었는데 나이는 열여섯 살쯤 되었고, 태도가 아름답고 수놓기와 글짓기에도 능통했어요. 두 사람의 모습이 어찌나 아름다웠는지 동네 사람들은 시를 지어 두 사람을 칭찬하기도 했어요.

멋있구나 이 총각, 아름다워라 최 처녀
그 재주와 그 얼굴, 그 누가 감탄하지 아니하리!

이생이 성균관에 가려면 최랑의 집 담 밑을 지나야만 했어요. 하늘하늘한 수양버들이 그 담을 둘러싸고 있었어요.

어느 날, 이생이 그 수양버들 그늘 아래에서 쉬다가 우연히 담 안을 보게 되었어요. 담 안에는 봄을 맞이하는 듯 꽃이 활짝 피었고 벌과 새들이 고운 노래를 부르고 있었어요. 그리고 꽃나무 사이로 자그마한 다락집이 하나 어렴풋이 보였어요. 그곳에서 어여쁜 아가씨가 수를 놓다가 바늘을 잠깐 멈추고는 턱을 괴고 앉아 시를 읊고 있었어요. 바로 선죽리에서 아름답기로 소문난 최랑이었어요.

'참 아름다운 낭자로구나!'

이생은 그녀가 읊는 시를 듣고 나니 마음이 싱숭생숭하여 견딜 수가 없었어요. 하지만 무턱대고 그녀에게 말을 걸 수가 없었어요.

어느 날, 이생은 성균관에서 돌아오는 길에 꾀를 내어, 종이에 시 세 수를 적어서 담 안으로 던졌어요. 뜰을 산책하던 최랑이 깜짝 놀라 시녀 향아를 시켜서 그것을 가져다 보니, 거기에는 오늘 어두워지면 만나자는 내용이 담긴 이생이 쓴 시가 적혀 있었어요.

"아씨, 그것이 무엇이랍니까?"

"아무 것도 아니다."

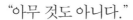

"이생 도련님이 주고 가신 것 아니옵니까? 마님께서 아시면 큰일 나옵니다."

"조용히 하거라. 누가 듣겠구나."

최랑은 애써 기쁜 내색을 감추고 종이에 만나자는 대답이 담긴 시를 적어 다시 담 밖으로 던졌어요.

날이 어두워지자 이생은 약속한 대로 최랑의 집을 찾아갔어요. 최랑의 집 담 앞에서 두리번거리고 있는데 갑자기 담 위로 복숭아꽃 가지에 묶인 줄이 내려왔어요. 이생은 곧 그 줄을 잡고 몰래 담을 넘어 들어갔어요. 이생은 기쁘면서도 한편으론 비밀이 탄로 날까 두려워 머리카락이 쭈뼛 섰어요. 이생은 겁이 나서 좌우를 둘러보고는 최랑이 있는 뜰로 들어갔어요. 최랑은 꽃떨기 속에 파묻혀 앉아 꽃을 꺾어다 머리 위에 꽂으며 이생을 보고는 방긋이 미소 짓더니 시를 지어 읊었어요. 이생도 최랑의 뒤를 이어 시를 읊었어요.

이다음에 어쩌다가 몰래 온 봄소식이 들킨다면
인정 없는 비바람에 더욱 가련하리라.

최랑과 만나는 것은 좋으나 이 일이 들키는 것을 두려워하는 내용이 담긴 시였어요. 이생의 시를 들은 최랑은 곧 얼굴빛을 바꾸며 말했어요.

"저는 도령님과 함께 부부가 되어 영원한 행복을 누리려 하였는데, 도령님은 어찌하여 앞으로 닥칠 일에 대해 걱정만 하십니까? 저는 비록 여자의 몸이지만 도령님과 몰래 만난 이 일이 들켜 부모님의 꾸지람을 듣는다 해도 책임을 질 자신이 있습니다."

"낭자, 내가 겁이 많았소. 용서하시오."

이생은 그렇게 말하고 집안을 둘러보았어요. 이상하게도 온 집안이 고요하고 인기척이 없었어요.

"낭자, 이곳은 어딥니까?"

"저희 부모님께선 외동딸인 저를 유난히 귀여워해 주셔서 따로 연못 가운데 이 집을 지어 주시고, 봄이 되어 뒤뜰에 온갖 꽃들이 피면 향아와 함께 즐겁게 놀도록 하신 것입니다. 부모님이 계신 곳은 여기서 멀기 때문에 비록 웃음소리가 크더라도 잘 들리지 않을 것입니다."

그리고 최랑은 이생에게 술 한 잔을 권하며 시를 읊었어요. 최랑과 이생은 밤새도록 시를 읊으며 즐겁게 놀았어요.

이윽고 술자리가 끝나자 최랑은 이생에게 말했어요.

"이렇게 도령님과 만난 것도 인연이오니 저와 함께 더 놀다 가시는 건 어떻습니까?"

이생은 최랑의 말대로 좀 더 함께 있기로 했어요. 이생은 최랑을 따라가 북쪽에 있는 작은 창을 통해 사다리를 타고 올라갔어요. 그곳에는 작은 다락방이 하나 있었는데 붓과 책상들이 깨끗하게 정리되어 있었고 벽은 아름다운 그림들과 시가 장식되어 있었어요. 또한 달콤한 향기가 났고 촛불은 대낮처럼 환하게 켜져 있었어요. 이생은 최랑과 함께 다락방에서 며칠 동안 즐겁게 지냈어요.

어느 날 이생은 최랑에게 말했어요.

"벌써 집을 떠나온 지 사흘이 지났소. 부모님께서 걱정하실 테니 집에 다녀오겠소."

"예, 다녀오세요. 소녀는 그리 알고 도령님을 기다리겠습니다."

그 후로 이생은 저녁마다 최랑을 만나러 갔어요.

어느 날 저녁, 이생의 아버지 이 씨가 이생을 불러 큰소리로 호통을 쳤어요.

"네가 요새 무얼 하고 다니기에 해질녘에 나가서 새벽에야 돌아오는 것이냐? 못된 아이들의 행실을 배워 남의 집 담장을 뛰어넘어 다니고 있나 보구나. 이런 일이 남의 눈에 띄면 우리 집안이 욕을 먹는 것은 당연하고 그 처녀의 가문까지도 더럽혀질 것이다. 너는 당장 일꾼을 데리고 농촌으로 내려가 농사일을 감독하거라. 내 명령이 있기 전까지는 절대로 올라오지 못할 것이야."

아버지에게 호되게 혼난 이생은 다음날 최랑에게 말 한마디

못 전하고 억지로 영남으로 내려가야만 했어요.

최랑은 매일 저녁마다 화원에서 이생을 기다렸지만 몇 개월이 지나도록 그림자도 보이지 않았어요. 이생이 걱정된 최랑은 향아를 시켜서 몰래 이웃 사람에게 물어보니 이웃 사람이 대답했어요.

"어머나! 이 도령은 아버지께 꾸지람을 듣고 영남 농촌으로 내려간 지 벌써 여러 달이 되었다오."

이 소식을 들은 최랑은 너무나도 슬퍼서 병석에 누워 일어나질 못했어요. 그러고는 음식도 안 먹고 말조차 하지 않아 얼굴이 점점 말라갔어요.

"아니, 이게 무슨 일이냐? 도대체 무엇 때문에 이렇게 시름시름 앓는단 말이냐!"

최랑의 아버지 최 씨는 놀라서 그 까닭을 물었지만 최랑은 아무런 말도 하지 않았어요. 그러다가 하루는 우연히 옆에 있는 대바구니에서 딸이 이생과 함께 주고받은 시를 보고는 그제야 무릎을 치면서 말했어요.

"아아, 상사병●이었구나."

최 씨는 곧 딸에게 물었어요.

"도대체 이생이란 사람이 누구냐? 다 털어놓고 이야기해 보거라."

일이 여기까지 이르자 최랑은 더 이상 숨기지 못하고 간신히 목소리를 내어 부모님께 솔직히 고백했어요.

"아버님, 어머님께 죄송할 따름입니다. 소녀가 사랑에 눈이 멀어 나중 일을 생각지 않고 이런 실수를 저질러 가문의 이름을 더럽혔습니다. 허나 이생 도령님과 헤어진 후로 계속 도령님 생각이 나고 병은 더 심각해졌습니다. 하오니 부모님께서 제 소원을 이루어 주신다면 소녀는 남은 목숨을 보전할 것이옵고, 그렇지 않으면 비록 죽어서라도 저승에서 이생 도령님을 따르겠습니다."

최 씨는 딸의 마음을 알고 혼인시킬 생각으로 이 씨에게 중매인을 보냈어요. 하지만 이 씨는 쌀쌀맞게 대답했어요.

"비록 우리 아이가 나이가 어리다 해도 학문도 뛰어나고 얼굴도 잘생겨 장차 과거 급제한 뒤에 나라에 이름을 떨칠 것이니 그때 혼인 상대를 정할 것이오."

이 말을 들은 최 씨는 다시 중매인을 이 씨에게 보냈어요. 이번에도 이 씨는 거절했지만 몇 번이나 계속되는 최 씨의 설득에 이 씨도 마음이 흔들렸어요. 최 씨는 마지막으로 중매인을 보내 물었어요.

"모든 예물과 의복은 전부 저희 집에서 해 드릴 것이오니, 좋은 날을 정해 두 사람이 혼인을 올리는 것이 어떠하십니까?"

결국 이 씨는 최 씨의 간절한 요청에 마음을 돌려 곧 사람을 영남에 보내 아들을 데려오게 했어요. 이 소식을 접한 이생은

●
상사병 … 남자나 여자가 마음에 둔 사람을 몹시 그리워하는 데서 생기는 마음의 병

기쁜 마음을 억누르지 못하고 재빨리 짐을 싸서 집으로 돌아왔어요. 오랫동안 이생을 그리워하던 최랑도 이생이 돌아왔다는 소식을 듣고는 점점 병이 나았어요.

그 후 얼마 되지 않아 좋은 날을 잡고 혼례를 치렀어요. 이생과 최랑 부부는 서로 사랑하고 공경하며 행복하게 지냈어요. 그리고 그 다음해, 이생은 과거를 거쳐 높은 벼슬에 올라 세상에 이름을 날렸어요.

그런데 얼마 후 전쟁이 일어났어요. 궁에 있던 이생은 겨우 도망가 목숨을 구할 수 있었어요. 한편 집에 있던 최랑은 가족과 함께 산골에 몸을 숨겼는데 그때 도적 하나가 칼을 들고 뒤를 쫓아와 최랑은 도적에게 잡히고 말았어요. 도적이 최랑을 겁탈하려 하자 최랑이 강하게 저항하며 소리 질렀어요.

"이 못된 도적놈아! 내가 차라리 죽어서 이리 떼의 밥이 될지언정 어찌 너 같은 놈에게 이 몸을 주겠느냐."

"뭐라고? 이 계집이 못하는 소리가 없구나!"

도적은 화가 나서 최랑을 무참하게 죽여 버렸어요.

도적에게 사랑하는 아내를 잃은 이생은 도적들이 사라진 뒤, 고향을 찾아갔어요. 이생의 집은 이미 불에 타 없어졌고 최랑의 집에 가 보니 그 주위에 쥐들이 우글거리고 새들의 울음소리만 들릴 뿐이었어요.

"부인, 정말 미안하오."

이생은 슬픈 마음을 견디지 못하고 작은 다락방 위에 올라가 눈물을 삼키며 한숨을 깊이 쉬었어요. 날이 저물 때까지 우두커니 앉아 최랑과 행복했던 옛일을 생각해 보니 모든 게 꿈만 같았어요. 그런데 이상한 일이 일어났어요. 밤중이 되어 달빛이 환하게 비추자 어디선가 발걸음 소리가 점점 가깝게 들려오는 것이었어요. 이생이 깜짝 놀라 보니 최랑이었어요. 이생은 최랑이 죽은 것을 알고 있었으나 다시 최랑을 볼 수 있다는 사실에 반가워 벌떡 일어나 최랑의 손을 잡고 통곡했어요. 최랑은 이생과 손을 마주 잡고 흐느끼며 말했어요.

"서방님을 만나 한평생을 함께하려 했는데 도적을 만나 죽임을 당하여 이 해골이 들판에 던져졌으니 원통하기 그지없습니다. 그러하니 비록 저는 죽은 몸이지만 서방님과 남은 인연을 맺으려 하는데 서방님의 생각은 어떠하십니까?"

"내가 바라던 바요."

이생은 매우 기뻐하며 대답했어요. 두 사람은 밤새 시를 읊으며 도란도란 이야기를 나눴어요. 이생이 물었어요.

"부인, 우리 재산은 어떻게 되었소?"

"예, 하나도 잃어버리지 않고 어떤 골짜기에다 묻어 두었습니다."

"그럼 우리 두 분 부모님의 유골은 어찌 되었소?"

"하는 수 없이 장례도 못 치르고 그냥 두었습니다."

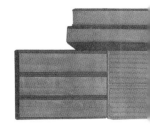

"그럼 내일은 부모님을 위해 장례를 치릅시다."

이튿날 이생과 최랑은 함께 살았던 곳을 찾아갔어요. 그곳에서 묻어 두었던 금은보화를 찾고, 그것을 팔아 부모의 유골을 거두어 오관산 기슭에서 장례를 치러 드렸어요. 그 뒤, 이생은 벼슬을 하지 않고 최랑과 함께 지냈어요. 이생은 그 이후로 인간 세계의 모든 일을 다 잊어버리고 문을 굳게 닫은 채 최랑과 함께 시를 읊으며 몇 년 동안 행복하게 지냈어요.

그러던 어느 날 저녁, 최랑이 슬픈 표정으로 말했어요.

"서방님, 이제 떠나야 할 때가 된 것 같습니다."

"그게 무슨 말이오?"

"저승길은 피할 수 없는 길입니다. 하늘이 정해 준 저와 서방님의 인연도 이제 시간이 다 된 것 같습니다."

이야기가 끝나자 최랑은 술과 과일을 들이고, 노래를 부르며 이생에게 술을 권했어요. 최랑이 노래를 부르는 동안, 자꾸 최랑의 눈에서 눈물이 흘러내려 노래를 제대로 부르지 못했어요. 이생도 슬퍼하며 말했어요.

"내가 차라리 당신과 함께 저승으로 가지 어찌 이곳에 홀로 남겠소? 전쟁을 치른 뒤, 친척들과 하인들이 흩어지고 돌아가신 부모님의 유골이 들판에 버려졌을 때, 당신이 아니었다면 누가 가르쳐 주었겠소? 부디 인간 세상에 오랫동안 남아 행복을 누리고 나와 함께 저승에 가지 않겠소?"

"서방님께서 저승에 가실 날은 아직 많이 남아 있고 저는 이미 귀신이라 제가 인간 세상에 남아 있는 것은 죄가 됩니다. 서방님, 부탁이 하나 있습니다. 제 해골이 아직 들판에 흩어져 있사오니 부디 제 해골을 거두어 주시면 감사하겠나이다."

말을 마치고 최랑은 사라져 버렸어요. 이생은 최랑의 말대로 해골을 거두어 부모의 묘 옆에다 장사 지낸 후 최랑을 그리워하다 병이 나서 몇 개월 만에 세상을 떠나고 말았어요.

이 이야기를 들은 사람들은 그들의 아름다운 사랑과 절개에 감탄하며 칭송했다고 해요.

최초의 한문 소설 『금오신화』

『금오신화』는 한국 최초의 한문 소설이 들어 있는 소설집으로 전기체 소설의 효시라고 일컬어요. 전기체 소설이란 기이한 일을 중심 삼아 풀어낸 이야기로 현실의 인간 생활이 아닌 비현실적인 세계, 즉 천국, 용왕, 사람이 죽은 뒤 심판을 받는 곳인 명부 등과 관련이 있는 환상적인 이야기로 이루어진 소설을 말해요. 『금오신화』는 명나라 소설 『전등신화』를 본받아 지은 것으로 알려지고 있어요. 이 소설집 안에는 모두 다섯 편의 소설이 들어 있는데 그 다섯 편의 소설은 다음과 같아요. 「만복사저포기」, 「이생규장전」, 「취유부벽정기」, 「남염부주지」, 「용궁부연록」이에요.

양반전
박지원

정선에 한 양반이 살고 있었어요. 이 양반은 성품이 어질고 글 읽기를 좋아했어요. 그런데 집이 너무 가난하여 해마다 마을의 곡식 창고에서 곡식을 타 먹고 살았어요. 그렇게 얻어먹은 것이 쌓여서 빚이 쌀 천 석에 이르렀어요.

하루는 곡식 창고를 관리하는 관리가 내려와 정선에 들러 곡식 창고의 장부를 보고 화를 내며 말했어요.

"어떤 놈의 양반이 이렇게 마을의 곡식을 축내고 갚지도 않았단 말이냐?"

관리는 양반을 당장 잡아 가두라고 했어요. 군수는 그 양반이 가난해서 갚을 힘이 없는 것을 딱하게 여겼지만 다른 방법이 없었어요. 졸지에 옥에 갇히게 된 양반 역시 곡식을 갚을 길이 없어 밤낮 울기만 하고 해결할 방법을 찾지 못했어요. 양반이 하루 종일 한숨만 쉬자 그 부인이 화를 내며 따졌어요.

"당신은 평생 글 읽기만 좋아하더니 곡식을 갚는 데는 아무런 도움이 안 되는군요. 쯧쯧, 양반이면 뭐합니까? 양반이 밥이라도 먹여 주던가요?"

그때, 마을에 사는 한 부자가 양반의 소식을 듣고 가족들에게 말했어요.

"양반은 아무리 가난해도 늘 존귀하게 대접받고, 나는 아무리 부자라도 항상 천한 대접을 받지 않느냐. 돈은 내가 훨씬 많지만 나는 양반만 보면 굽신굽신 두려워해야 하고, 엉금엉금 가서 절을 해야 한단 말이다. 나도 양반처럼 뒷짐 지고 사람들에게 절을 받으며 지내고 싶다. 듣자하니 우리 동네 양반 하나가 가난해서 곡식을 갚지 못하고 옥에 갇히게 되었다고 하는구나. 내가 대신 곡식을 갚아 주고 그의 양반이란 지위를 사서 나도 양반 노릇을 한번 해 봐야겠다."

그리고 부자는 곧 양반을 찾아가 말했어요.

"제가 대신 곡식을 갚아 드리겠습니다. 대신 양반을 제게 파시지 않겠습니까?"

곤란한 형편에 놓여 있던 양반은 크게 기뻐하며 승낙했어요. 그래서 부자는 즉시 쌀 천 석을 관가에 실어 가서 양반의 빚을 갚았어요. 양반의 집안 사정을 잘 알고 있던 군수는 양반이 곡식을 모두 갚자 놀라워했어요. 군수는 어떻게 갚을 수 있었나 궁금해서 양반의 집을 찾아갔어요.

"계십니까?"

군수가 양반 집 문 밖에서 묻자 양반이 방 안에서 나왔어요. 그런데 뜻밖에도 양반이 하인이나 쓰는 모자인 벙거지를 쓰고 양반의 격식도 차리지 않은 채 짧은 홑바지만 입고 있는 게 아니겠어요? 게다가 길에 엎드려 군수를 감히 쳐다보지도 못했어요.

군수가 깜짝 놀라 양반을 일으켜 세우며 말했어요.

"아니, 지체 높으신 분께서 왜 이러시는 겁니까?"

"아닙니다. 소인이 어찌 군수님 앞에 고개를 들고 서 있겠습니까?"

"소인이라니요. 어찌 스스로 낮추어 부르시는 겁니까?"

양반은 더욱 황송하다는 듯 머리를 땅에 조아리고 엎드려 말했어요.

"황송합니다. 소인은 이미 제 양반을 팔아서 곡식을 갚아 이제 마을의 부자가 양반입니다. 그러니 소인이 어떻게 양반 행세를 하겠습니까?"

"그런 일이 있었군요. 그럼 이 일을 확실히 하기 위해 증서를 만드는 것이 좋겠습니다."

군수는 관가로 돌아와서 부자와 양반, 그리고 마을 안에 증인이 되어 줄 사람들을 불러 모았어요. 그리고 부자에게 말했어요.

"곡식 천 석에 양반을 샀으니 이제부터 그대는 양반이 되었느니라. 양반은 여러 가지로 불리는데, 양반이 글을 읽으면 선비요, 정치에 나아가면 벼슬아치요, 덕이 있으면 군자이다. 무예를 공부하면 무관이 되어 서쪽에 서고, 글을 공부하여 문관이 되면 동쪽에 선다.

옛것을 본받고 고상하게 행동해야 하며, 매일 새벽 서너 시가 되면 일어나 등잔을 켜고 무릎을 꿇고 앉아 글을 외워야 한다. 배고픔을 참고 추위도 견디며 자신의 가난을 다른 사람에게 불평하지 않아야 하며 이를 딱딱 부딪치고 손으로 머리를 가볍게 두드리는 운동을 하며 마음을 다스려야 한다. 소맷자락으로 갓을 쓸어 먼지를 털어내어 항상 물결무늬가 생겨나게 하고, 세수할 때는 세게 비비지 말고, 양치질 소리는 요란하게 내서는 안 된다. 목소리를 길게 뽑아 여종을 부르고 걸음은 신발을 땅에 끌며 느릿느릿 걷는다. 또한 당나라의 시집을 깨알같이 베껴 쓰되 한 줄에 백 자를 쓰며, 돈을 만지지 말고, 더워도 버선을 벗지 말고, 밥을 먹을 때도 갓을 쓰고 예의를 갖추어 먹고, 국을 먼저 훌쩍훌쩍 떠먹지 말고, 무엇이든 후루룩 소리를 내며 마시지 말고, 젓가락질도 바르게 해야 하며, 생파

『열하일기』와 실학사상

『열하일기』는 박지원이 중국 청나라의 황제 칠순 잔치를 축하하기 위해 열하라는 지역까지 다녀오면서 보고 들은 것을 기록한 기행문이에요. 박지원은 1780년 유월, 압록강 국경을 건너 열하에 도착한 뒤, 그 해 팔월 다시 연경에 돌아오기까지 여행 기록은 물론 청나라 문인, 명사들과의 친교나 청나라의 문물제도 등에 대한 느낌을 날짜에 따라 기록했어요. 책 속에는 수레나 선박의 활용과 벽돌의 사용, 지동설에 대한 중국 학자들과의 토론 등 청나라의 번창한 문화와 문물을 본받을 것을 주장하는 내용이 담겨 있어 조선 후기 실학사상의 기념비적 기록물 중 하나로 손꼽히고 있어요.

를 먹지 말고, 막걸리를 들이킨 다음 수염에 묻은 막걸리를 빨지 말고, 담배를 피울 때 볼에 우물이 파일 정도로 빨지 말고, 화가 난다고 아내를 때리지 말고, 성난다고 그릇을 던지지 말고, 아이들에게 주먹질 하지도 말고, 하인들을 야단쳐 죽이지 말고, 말과 소가 말을 듣지 않는다고 그것을 판 주인까지 욕하지 말고, 아파도 무당을 부르지 말고, 제사 지낼 때 중을 데려와 불공을 드리지 말고, 추워도 화로에 불을 쬐지 말고, 말할 때 이 사이로 침을 흘리지 말고, 소 잡는 일은 하지 말고, 돈을 가지고 놀음을 하지 말아야 할 것이다. 이것을 지키지 않을 경우에는 양반 자격을 잃게 될 것이다."

그러고는 군수는 양반 증서에 도장을 찍었어요. 부자는 군수가 증서의 내용을 읽는 것을 듣고는 한참 멍하니 있다가 물었어요.

"이런 것을 다 지키는 것이 양반입니까? 나는 양반이 신선 같다고 들었는데 내용을 들어 보니 하나도 재미가 없습니다. 뭔가 제가 이득이 될 만한 것은 없습니까?"

부자의 말을 듣고 군수는 다시 증서를 새로 써서 읽기 시작했어요.

"양반은 농사도 안 짓고 장사도 하지 않고 글만 약간 읽을 줄 알면 벼슬길에 오를 수 있을 것이다. 허나 과거를 보지 않고도 조상 중에 큰 벼슬을 한 사람이 있으면 쉽게 좋은 자리까지 오를 수 있을 것이다. 벼슬에 올라 큰 마을을 하나 맡게 되면 방에는 꽃다운 기생들이 귀고리로 치장하며 너와 함께 놀 것이며, 뜰에는 백성들의 곡식으로 학도 기를 수 있다. 이웃의 소를 빼앗고 일꾼을 잡아다 자기 논을 먼저 갈아도 아무도 무시하지 못할 것이다. 사람들 코에 잿물●을 들이 붓고 머리채를 잡아 휘휘 돌리고 수염을 낚아채더라도 누구도 감히 원망하지 못할 것이다."

"그만, 그만하시오!"

부자는 증서를 읽는 것을 멈추게 하고 고개를 설레설레 저으며 말했어요.

"나를 도적놈으로 만들 작정이로구만!"

그리고 관가를 나가 버렸어요. 그 뒤로 부자는 평생 다시는 양반이 되고 싶다는 말을 입에 올리지 않았어요.

●
잿물 … 볏짚, 나무 등의
재를 우려낸 물

허생전

박지원

허생은 조그만 초가집에 살고 있었어요. 허생이 사는 두어 칸
짜리 초가집은 비바람을 막지 못할 정도로 허름한 곳이었어
요. 가난했지만 허생은 글 읽기만 좋아해서 돈은 벌지 않고,
그의 아내가 남의 바느질을 대신하여 번 돈으로 입에 겨우 풀
칠을 하며 지냈어요.

하루는 허생의 아내가 몹시 배가 고파서 울음 섞인 소리로
말했어요.

"당신은 어차피 과거도 보지 않으면서 글을 읽어 무엇 합니
까?"

허생이 웃으며 대답했어요.

"아직 글을 다 깨치지 못했소."

"그럼 나가서 물건이라도 만드시던가요."

"그런 기술을 배운 적이 없는데 어떻게 하겠소?"

"그럼 장사는 못하시나요?"

"장사는 밑천이 없는 걸 어떻게 하겠소?"

허생의 대답을 듣고 아내는 왈칵 화를 내며 소리쳤어요.

"밤낮으로 글을 읽더니 기껏 '어떻게 하겠소?' 소리만 배웠단 말씀인가요? 물건도 못 만든다, 장사도 못한다면, 도적질이라도 하시던가요."

아내의 말을 조용히 듣고 있던 허생은 읽던 책을 덮어 놓고 일어나 휙 문밖으로 나가면서 중얼거렸어요.

"아깝다. 내가 십 년 동안 글을 읽기로 했는데, 이제 칠 년인 걸……."

오랜만에 거리에 나선 허생은 아는 사람이 하나도 없었어요. 허생은 큰 거리로 나가서 한 사람을 붙들고 물었어요.

"누가 한양에서 제일 부자요?"

"한양에서 부자라면 아무래도 변 씨겠지."

그 말을 듣고 허생은 곧장 변 씨의 집을 찾아갔어요. 변 씨의 집에 들어간 허생은 인사를 하고 변 씨에게 말했어요.

"내가 집이 가난해서 무얼 좀 해 보려고 하니, 만 냥을 꾸어

주시기 바랍니다."

변 씨는 흔쾌히 만 냥을 내어 주며 대답했어요.

"그러시오."

허생은 만 냥을 집어 들고 감사하다는 인사도 없이 가 버렸어요. 변 씨의 자식들은 집을 나서는 허생을 찬찬히 살펴보았어요. 쭈그러진 갓에 허름한 도포를 걸치고 뒷굽이 빠진 가죽신을 신고 있는 허생은 영락없는 거지였어요. 변 씨의 자식들은 모두들 어리둥절해서 변 씨에게 물었어요.

"아는 사람이신가요?"

"모르지."

변 씨의 대답에 자식들은 어이없어 물었어요.

"아니, 누군지도 알지 못하는 사람에게 하루아침에 만 냥이라는 어마어마한 돈을 그냥 내던져 버리고 이름도 묻지 않으시다니, 대체 무슨 생각이신가요?"

그러자 변 씨가 대답했어요.

"너희들은 모를 것이다. 보통 남에게 무엇을 빌리러 오는 사람은 비굴한 태도로 이러쿵저러쿵 말을 해댄다. 허나 저 사람의 모습은 가난해 보이나 말을 간단하게 하고 얼굴에 부끄러운 기색이 없는 것으로 보아, 비범한 사람이다. 그런 사람이 해 보겠다는 일은 작은 일이 아닐 것이니 나도 그를 시험해 보려는 것이다. 이왕 만 냥을 주었으니 이름은 물어 무엇 하겠느냐?"

한편 허생은 만 냥을 손에 넣자 집에 들르지도 않고 바로 안성으로 내려갔어요. 안성은 많은 장사꾼들이 오가는 길목이었어요. 허생은 거기서 대추, 밤, 감, 배며 석류, 귤, 유자 등 모든 과일을 모조리 두 배의 값으로 사들였어요. 허생이 과일을 몽땅 쓸어 가 버렸기 때문에 온 나라가 잔치나 제사를 못 지낼 형편에 이르렀어요. 얼마 안 가서, 허생에게 두 배의 값으로 과일을 팔았던 상인들이 도리어 열 배의 값을 주고 사 가게 되었어요. 허생은 길게 한숨을 내쉬었어요.

"고작 만 냥으로 모든 과일의 값을 흔들 수 있다니 우리나라의 경제가 형편없구나."

허생는 다시 칼, 호미, 베와 무명 따위를 가지고 제주도에 건너가서 말총●을 죄다 사들이면서 말했어요.

"이제 몇 년이 지나면 나라 안의 사람들이 상투를 틀지 못할 것이다."

정말로 얼마 안 가서 망건● 값이 열 배로 뛰어올랐어요. 다시 망건을 만드는 재료를 비싸게 팔아 만 냥의 몇 배나 되는

말총 … 말의 갈기나 꼬리

망건 … 상투가 흐트러지지 않도록 말총 따위로 그물처럼 만들어 머리에 두르는 물건

돈을 모은 허생은 한 늙은 사공을 만나 물어 보았어요.

"바다 밖에 혹시 사람이 살 만한 빈 섬이 없던가?"

"있습지요. 언젠가 파도를 만나 서쪽으로 줄곧 사흘 동안 흘러가서 어떤 빈 섬에 닿았습지요. 꽃과 나무는 제멋대로 무성하여 과일 열매가 절로 익어 있고, 짐승들이 떼 지어 놀며, 물고기들이 사람을 보고도 놀라지 않습니다."

그 말을 들은 허생은 굉장히 기뻐하며 말했어요.

"자네가 만약 나를 그곳에 데려다 준다면 함께 부귀영화를 누릴 수 있을 걸세."

사공은 그러기로 하고 허생을 배에 태워 함께 섬으로 향했어요. 한참동안 바람을 타고 서쪽으로 가자 사공이 말했던 그 섬이 보였어요. 섬에 닿자 허생은 높은 곳에 올라가서 사방을 둘러보고 말했어요.

"생각보다 땅이 좁구나. 하지만 땅이 기름지고 물도 맑으니 사람들과 함께 부자는 될 수 있겠구나."

그 말에 사공이 갸우뚱 하며 물었어요.

"이 섬에 사람이라곤 하나도 없는데, 대체 누구와 더불어 사신단 말씀입니까?"

"내게 덕이 있으면 사람들이 절로 모이지 않겠나?"

이때, 변산에 수천 명의 도적 떼들이 우글거리고 있었어요. 나라에서는 이 도적 떼를 잡기 위해 군대까지 모집했지만 좀

처럼 잡히지 않았어요. 나라도 도적 떼 때문에 골머리를 썩이고 있었고 도적들도 잡힐까 봐 함부로 나가 도적질도 못 해서 배고프던 참이었어요. 그러던 중 허생이 도적 떼의 소굴로 찾아가 우두머리에게 물었어요.

"천 명이 천 냥을 빼앗아 와서 나누면 한 사람당 얼마씩 받겠소?"

"한 사람당 한 냥이지요."

"모두 아내가 있소?"

"없소."

"논밭은 있소?"

허생의 물음에 도적 떼들이 어이없어 웃으며 대꾸했어요.

"땅이 있고 처자식이 있었으면 우리도 도적질 따위 하지 않았을 거요."

"그렇다면 왜 아내를 얻고 집을 짓고 소를 사서 논밭을 갈고 지내려 하지 않는 거요? 그럼 도적놈 소리도 안 듣고 살면서 행복하게 지낼 수 있지 않겠소? 돌아다녀도 잡힐 걱정도 없고 굶을 걱정하지 않고 살 텐데."

"우리도 당연히 그러고 싶소. 다만 돈이 없어 못할 뿐이지요."

『배비장전』과 『이춘풍전』

『배비장전』은 조선 시대 중인 계층의 위선적인 생활을 사실적으로 묘사한 작품이에요. 여자를 좋아해서 봉변 당하는 배 비장의 모습을 통해 당시 서민들의 반감을 아주 잘 풍자하고 있어요. 『이춘풍전』은 방탕하게 생활하여 알거지가 된 남편 이춘풍을 그의 아내가 진심으로 뉘우치게 만드는 과정을 그리면서 양반들의 몰락을 잘 풍자하고 있을 뿐만 아니라 여성이 내용을 이끌어 가는 점에서 조선 말기 높아진 여성의 지위와 주인 의식도 함께 엿볼 수 있는 내용이에요.

도적들의 불만에 허생은 웃으며 말했어요.

"돈이라면 내가 당신들을 위해서 마련해 주겠소. 내일 바닷가에 나와 보시오. 붉은 깃발을 단 배에 돈이 실려 있을 것이니 마음대로 가져가시게."

허생이 그렇게 말하고 돌아가자 도적들이 모두 정신이 나갔다고 비웃었어요.

하지만 그 이튿날, 혹시나 해서 도적들이 바닷가에 나가보았더니 정말로 붉은 깃발을 단 배에 삼십만 냥의 돈이 실려 있었어요. 도적들은 너무 놀라 허생의 앞에 엎드려 절을 했어요.

"저희들을 부디 거두어 주십시오."

"이제 너희들이 평범한 백성이 되려고 해도, 이미 이름이 도적의 장부에 올라 있으니 갈 곳이 없겠구나. 좋다, 내가 여기서 너희들을 기다릴 것이니, 한 사람이 백 냥씩 가지고 가서 아내가 될 여인과 소 한 필을 거느리고 오너라."

허생의 말에 도적들은 모두 좋다고 백 냥씩 짊어지고 흩어졌어요. 그 사이, 허생은 직접 이천 명이 일 년 먹을 양식을 준비하고 기다렸어요. 얼마 지나지 않아 도적들이 빠짐없이 모두 돌아왔어요. 그렇게 해서 다들 배에 몸을 싣고 빈 섬으로 들어갔어요. 허생이 도적들을 몽땅 데리고 간 덕분에 나라 안에 시끄러운 일이 없어졌어요.

섬에 도착한 도적들은 나무를 베어 집을 짓고 농사도 지었

어요. 기름진 땅이어서 곡식도 무럭무럭 자라서 풍년이 되었
어요. 허생은 곡식을 잔뜩 수확하여 삼 년 동안 먹을 양식을
창고에 저장해 두고 나머지는 모두 가지고 나가 한참 흉년이
들었던 일본에 백만 냥을 받고 팔았어요.

"이제 나의 조그만 시험이 끝났구나."

허생은 조그맣게 탄식하고 곧 남녀 이천 명을 모아 놓고 말
했어요.

"내가 처음 이 섬에 들어올 때엔 새로운 나라를 만들려고 했
으나 땅이 좁으니 난 이만 이곳을 떠나려 한다. 너희들은 이곳
에서 아이를 낳고 서로 양보하며 살아라."

그러고는 자신이 타고 나갈 배만 한 척 남기고 다른 배들을
모조리 불로 태워 없애 버렸어요.

"나가지 않으면 들어올 사람도 없을 것이다."

또 돈 오십만 냥을 바다 가운데 던지며 말했어요.

"바다가 마르면 주워 갈 사람이 있겠지. 이렇게 큰돈은 이곳
에서 필요 없다."

그리고 글을 아는 자들을 골라 모조리 함께 배에 태우면서
말했어요.

"이 섬에서 재앙이 될 뿌리를 뽑아야겠지."

다시 육지로 돌아온 허생은 나라 안을 두루 돌아다니며 가
난한 사람들을 도와주었어요. 그렇게 하고도 십만 냥이 남았

어요.

"이건 변 씨에게 갚을 것이다."

허생은 십만 냥을 들고 변 씨에게 찾아가 물었어요.

"나를 알아보시겠소?"

변 씨가 놀라 허생을 보았어요. 처음 돈을 빌려갈 때와 다를 것 없이 허생의 초라한 모습을 보고 물었어요.

"그대의 모습이 예전과 변함이 없는 걸 보니, 만 냥을 다 잃은 것이오?"

"재물이 많다고 해서 얼굴에 기름기가 돌고 좋은 옷을 입으란 법은 없소. 그건 당신들 생각이오. 내가 하루아침의 굶주림을 견디지 못해 글 읽기를 멈추고 당신에게 만 냥을 빌렸던 것이 부끄럽소."

그러고는 허생은 십만 냥을 변 씨 앞에 내놓았어요. 어마어마한 돈을 보고 깜짝 놀란 변 씨는 벌떡 일어나 절을 하고 이렇게 큰돈은 받을 수 없다며 십분의 일만 이자로 받겠다고 했어요.

"당신은 나를 장사꾼으로 보는가?"

허생은 잔뜩 화를 내며 소매를 뿌리치고 가 버렸어요.

다시 한 번 허생이 보통 사람이 아님을 안 변 씨는 몰래 허생의 뒤를 따라갔어요. 허생이 한참을 걸어가더니 남산 밑에 있는 조그만 초가집으로 들어가는 것이 보였어요. 한 늙은 할

미가 우물터에서 빨래하는 것을 보고 변 씨가 말을 걸었어요.

"저 조그만 초가가 누구의 집이오?"

"허 생원 댁입지요. 가난한 형편에 글공부만 좋아하더니, 하루아침에 집을 나가서 오 년이 지나도록 돌아오지 않고, 지금은 부인이 혼자 사는데, 집을 나간 날로 제사를 지냅지요."

변 씨는 그제야 그의 성이 허씨라는 것을 알고 돌아갔어요.

이튿날, 변 씨는 허생에게서 받은 돈을 모두 가지고 그 집을 찾아가서 돌려주려 했지만 허생은 받지 않겠다고 거절했어요.

"내가 부자가 되고 싶었다면 오십만 냥을 버리고 십만 냥을 받겠소? 그저 당신은 가끔 내게 와서 양식이나 떨어지지 않게 하고 옷이나 입도록 해 주오. 그러면 충분하오."

변 씨가 말렸지만 허생은 고집을 꺾지 않았어요. 그때부터 변 씨는 허생의 집에 양식이나 옷이 떨어질 때쯤 되면 몸소 찾아가 도와주었어요. 허생은 그것을 흔쾌히 받아들였지만 혹시라도 많이 가지고 가면 불편한 표정으로 말했어요.

"나에게 재앙을 갖다 주려하는군."

하지만 가끔 술병을 들고 찾아가면 아주 반가워하며 서로 술잔을 기울여 취하도록 마셨어요.

이렇게 몇 해를 지나는 동안에 두 사람 사이의 우정이 날로 두터워 갔어요. 어느 날, 변 씨가 오 년 동안에 어떻게 백만 냥이나 되는 돈을 벌었느냐고 조용히 물어 보았어요. 그러자 허

매점매석

매점매석은 매점과 매석이 합쳐진 말이에요. 매점은 물건 값이 오를 것을 예상하고 많은 이익을 얻기 위하여 물건을 몰아서 대량으로 사들이는 경우를 말하는데 우리는 이런 것을 사재기라고 해요. 그리고 매석은 금방 가격이 많이 오를 것을 예상하고 비싼 값을 받기 위하여 원하는 대로 가격이 오를 때까지 팔지 않고 버티는 것을 말해요. 그래서 원하는 가격까지 올랐을 때 팔아서 엄청난 이익을 보는 것을 말해요.

생이 아무것도 아니라는 듯 대답했어요.

"아주 간단하오. 조선이란 나라는 외국과 교류하지 않고 수레가 온 나라 안에 다니지 못해서 온갖 물건과 돈이 나라 안에서만 빙빙 돌고 있소. 그러니 만 냥을 가지고 있으면 한 가지 물건을 독차지할 수 있기 때문에 수레면 수레 전부를, 배면 배 전부를, 마치 촘촘한 그물로 훑어 내듯 할 수 있소. 만 가지 중에 한 가지를 슬그머니 전부 사들여서 그 한 가지 물건을 한 곳에 묶어 두면 그 동안 그것이 없어 장사꾼들이 발을 동동 구르며 비싼 값에라도 사려고 할 것이오. 이것은 나라와 백성에 해를 끼치는 길이 될 것이오. 훗날, 누군가 내가 썼던 방법을 쓴다면 반드시 이 나라는 병이 들고 말 것이오."

"처음에 내가 만 냥을 빌려 줄지 어찌 알고 찾아왔습니까?"

"당신만이 아니라 만 냥을 가진 사람이었다면 누구나 다 주었을 것이오. 나 혼자서도 충분히 백만 냥을 모을 수 있었지만 그래도 이왕 내 말을 들어 주는 사람을 찾아 더 큰 부자가 되게 하는 것이 좋지 않았겠소? 만 냥을 빌린 다음에는 하늘에 맡기고 욕심 없이 일을 한 덕에 돈을 많이 모을 수 있었던 것이지 만약 내가 개인적인 욕심을 부렸다면 실패했을지도 모르오."

허생의 대답을 들은 변 씨가 이번에는 다른 이야기를 꺼냈어요.

"나라에 선생 같은 지혜로운 인물이 필요합니다. 그 재주를 가지고 선생은 어찌 괴롭게 파묻혀 지내려 하십니까? 이제 벼슬길에 나가보지 않겠습니까?"

"어허, 나처럼 산중에 묻혀 지낸 사람이 한둘이겠소? 재주를 가진 다른 이들도 벼슬에 나가지 않고 산속에서 늙어 죽거나 바닷가에서 세월을 보내고 있을 것이오. 재능 있는 자들을 썩히는 걸 보면 지금 나라에서 힘을 갖고 있는 사람들의 수준을 알만 하지 않겠소. 나는 그런 사람들이 있는 벼슬길에 오르고 싶지 않소. 내가 온 나라를 살 정도의 돈을 바다 속에 던져 버린 까닭도 이 나라에 그 돈을 쓰고 싶은 생각이 없었기 때문이었소."

허생의 거절을 듣고 변 씨는 하는 수 없이 한숨을 쉬면서 돌아왔어요.

변 씨는 이완이라는 대장과 잘 아는 사이였어요. 하루는 이 대장이 변 씨에게 혹시 주변에 쓸 만한 인재가 없는가를 물었어요. 변 씨가 허생의 이야기를 하였더니, 이 대장이 깜짝 놀라 물었어요.

"신기하구나. 그게 정말인가? 이름이 무엇이라 하던가?"

"소인은 그분과 만난 지 삼 년이나 지나도록 여태껏 이름도 모르옵니다."

"그 사람은 비범한 사람이야. 자네와 같이 가 보세."

어두워지자 이 대장은 하인들도 다 물리치고 변 씨와 둘이서 허생을 찾아갔어요. 변 씨는 이 대장을 문 밖에 서서 기다리게 하고 혼자 먼저 들어가서, 허생을 보고 이 대장이 직접 찾아온 까닭을 이야기했어요. 하지만 허생은 못 들은 체하고 말했어요.

"당신이 가져 온 술병이나 어서 이리 내놓으시오."

그러고는 즐겁게 술을 들이켜는 것이었어요. 변 씨는 이 대장을 밖에 오래 서 있게 하는 것이 민망해서 허생에게 몇 번이나 말했지만 허생은 대꾸도 하지 않다가 늦은 밤이 되어서야 비로소 이 대장을 집안으로 들였어요. 이 대장이 방에 들어와도 허생은 자리에서 일어서지도 않았어요. 이 대장이 어쩔 줄을 몰라 하며 나라에서 인재를 찾고 있다는 것을 설명하자, 허생은 손을 저으며 막았어요.

"밤은 짧은데 말이 너무 길어서 듣기에 지루하다. 너는 지금 무슨 벼슬에 있느냐?"

"대장입니다."

"그렇다면 너는 나라의 신임 받는 신하로군. 내가 좋은 인물을 추천해 줄 테니 네가 임금께 아뢰어서 삼고초려를 하게 할 수 있겠느냐?"

이 대장은 고개를 숙이고 한참 생각하더니 곤란한 듯 대답했어요.

"어렵습니다. 이것 말고 두 번째 방법은 없습니까?"

"나는 원래 '두 번째'라는 것은 모른다."

그렇게 말하고 허생은 입을 다물었어요. 하지만 계속되는 이 대장의 간절한 부탁에 못 이겨 말을 이었어요.

"명나라 장수들의 많은 자손들이 우리나라로 건너와 정처 없이 떠돌고 있으니, 네가 임금께 부탁하여 왕실의 여인들을 모두 그들에게 시집보내고 양반들이 가진 재산과 집을 빼앗아서 그들에게 나누어 주게 할 수 있겠느냐?"

이 대장은 또 머리를 숙이고 한참을 생각하더니 대답했어요.

"어렵습니다."

"이것도 어렵다, 저것도 어렵다 하면 도대체 무슨 일을 하겠느냐? 좋다. 가장 쉬운 일이 있는데, 네가 할 수 있겠느냐?"

삼고초려

삼고초려란 '초가집을 세 번 찾아간다'라는 뜻의 옛 고사성어로 '진심으로 예를 갖추어 인재를 맞이함'을 가리켜요. 중국 후한 말기, 유비는 무너져 가는 한나라의 부흥을 위해 제갈량을 참모로 들여 개혁을 꾀하고 싶었어요. 그리하여 양양에 있는 제갈량의 집을 찾아갔지요. 그러나 제갈량은 늘 이런저런 핑계로 유비를 만나 주지 않았고 유비는 결국 두 번이나 헛걸음을 하게 되었어요. 마침내 세 번째 방문에서야 제갈량은 유비가 보여 준 지극한 정성에 감동하여 흔쾌히 그의 신하가 되기로 마음먹었지요. 이후 제갈량은 유비가 곤경에 처할 때마다 지혜롭게 문제를 해결하며 큰 공을 세웠어요.

목숨을 내놓은 번오기

본래 진나라의 장수였던 번오기는 진시황의 아우였던 장안군을 설득하여 반란을 일으켰어요. 그러나 실패하여 장안군은 죽고 그는 연나라로 탈출해 겨우 목숨을 부지했어요. 한편, 연나라의 태자인 단은 진시황에게 원한이 있어 자객 형가를 보내 진시황을 암살하고자 했어요. 하지만 계획이 성공하려면 무엇보다 진시황의 의심을 제거하는 것이 중요했어요. 그때 떠오른 생각이 바로 번오기의 목을 그에게 바치는 척 접근하자는 것이었어요. 이야기를 전해 들은 번오기는 한 치의 망설임도 없이 자신의 목을 베어 형가에게 주었어요. 그도 진시황에게 당한 치욕을 잊지 못하여 복수를 꿈꿔 왔던 것이지요. 그러나 번오기의 희생에도 형가의 암살 시도는 실패로 끝나고 말았어요.

"예, 부탁드립니다."

"지금 만주가 천하를 통일하여 다른 나라의 시기를 받고 있는 중에 조선이 다른 나라보다 먼저 만주를 섬기게 되어 그들이 우리 조선을 가장 믿고 있다. 그러니 만주에 우리 조선 사람들이 유학을 가서 벼슬할 수 있도록 허락해 줄 것과, 조선 상인도 만주에서 장사할 수 있도록 부탁하면 기뻐하며 허락할 것이다. 그러면 조선 안의 인재들을 뽑아 머리를 깎고 중국의 옷을 입혀 만주로 보내, 그 중 선비는 과거를 보고, 서민은 장사를 하면서, 만주를 살펴보는 한편, 만주의 호걸들과 힘을 합친다면 우리 조선이 만주를 쳐낼 수 있을 것이다."

"우리 조선의 양반들은 모두 예법을 중요하게 여기는데 누가 머리를 깎고 만주족의 옷을 입으려 하겠습니까?"

이 대장의 말에 허생은 크게 꾸짖으며 말했어요.

"양반이란 것들이 무엇이란 말이냐? 하는 일도 없으면서 스스로 양반이라 뽐내다니, 이런 어리석은 경우가 어디 있느냐?

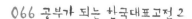

옷은 흰옷을 입으니 그것이야말로 상을 당한 사람이나 입는 것이고, 머리털을 한데 묶어 송곳같이 만드는 오랑캐의 습성을 지녔으면서 대체 무엇을 보고 예법을 중요하게 여긴단 말인가? 번오기란 진나라의 장수는 원수를 갚기 위해서 자신의 목숨을 내놓았고, 백제의 무령왕은 나라를 강하게 만들기 위해서 중국 놈의 옷을 부끄럽게 여기지 않고 입었다. 조선이 당한 원수를 갚겠다 하면서 그까짓 머리털 하나를 아끼고, 또 장차 말을 타고 달리고 창을 던지며, 활을 당기고 돌을 던져야 할 판에 넓은 소매의 옷을 고쳐 입지 않고 예법이라고 한단 말이냐? 내가 세 가지를 방법을 말하였는데, 너는 한 가지도 행하지 못한다면서 그래도 신임 받는 신하라 하겠는가? 신임 받는 신하라는 게 참으로 이렇단 말이냐? 너 같은 자는 칼로 목을 잘라야 할 것이다."

그러고는 허생은 좌우를 돌아보며 칼을 찾아 이 대장을 찌르려 했어요. 이 대장은 놀라서 일어나 급히 뒷문으로 뛰쳐나가 도망쳤어요.

이튿날, 허생의 집에 다시 찾아가 보았더니, 집이 텅 비어 있고, 허생의 모습은 찾을 수 없었어요.

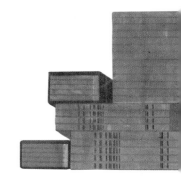

슬견설

이규보

손님이 와서 나에게 말했어요.

"어제 저녁 한 사내가 큰 몽둥이로 돌아다니는 개를 쳐서 죽이는 것을 보았는데, 보기에도 너무 애처로워 마음이 아팠습니다. 이제부터는 개나 돼지의 고기를 먹지 않기로 했습니다."

나도 손님에게 말했어요.

"지난번에 어떤 사람이 불이 이글이글 타는 화로 앞에 앉아서, 이를 잡아 그 불 속에 던져 태워 죽이는 걸 보고 마음이 아팠습니다. 그때부터 다시는 이를 잡지 않기로 맹세했지요."

손님은 내 말에 잠시 멍하게 있더니 말했어요.

"이는 하찮은 생물이지 않습니까? 나는 큰 것의 죽음을 보고 슬퍼서 말한 것인데, 당신은 고작 이 따위로 그런 말을 하다니 나를 놀리십니까?"

내가 대답했어요.

● **대붕** … 하루에 구만 리를 날아간다는 아주 큰 상상의 새

"피가 돌고 살아 있는 것이라면 사람은 물론 소, 말, 돼지, 양 같은 동물이나 땅강아지, 개미에 이르기까지 죽기를 싫어하는 마음은 모두 같습니다. 큰 놈들도 죽기를 싫어하는데 작은 놈이 죽기를 좋아하겠습니까?

그러니 개와 이의 죽음도 마찬가지입니다. 그래서 예를 들어서 말해 본 것입니다. 제가 설마 그대를 놀리려고 그랬겠습니까? 내 말이 이해가 안 간다면 열 손가락을 깨물어 보십시오. 가장 큰 엄지손가락만 아프고 작은 새끼손가락은 아프지 않겠습니까? 한 몸에 붙어 있는 것들도 크고 작은 것 할 것 없이 그 아픔은 같습니다. 하물며 각기 다른 기운과 숨을 받은 생물들인데, 어찌 큰 것은 죽음을 싫어하고 작은 것은 좋아할 수 있겠습니까?

그대도 한번 눈 감고 가만히 생각해 보십시오. 달팽이의 뿔을 쇠뿔로 보고, 메추라기를 대붕●으로 생각해 보세요.

그 다음에 당신과 함께 도에 대해 이야기하겠습니다."

고대의 한문 수필, 설(說)

'설'이란 한문 문체 즉 글투의 하나로 사물의 이치를 풀이하고 의견을 덧붙여 글을 써서 읽는 이에게 교훈이나 감동을 주는 글이에요. 설은 글의 장르로 보면 일종의 수필이라고 할 수 있어요. 한글이 만들어지기 전 우리 조상들은 자신의 경험이나 생각, 감상을 나타낼 때 중국의 한문 문학 양식인 설을 빌렸어요. 설은 사물이나 사건의 뜻과 이치를 설명하고 자신의 의견을 덧붙여 읽는 이에게 교훈이나 감동을 주는 글이에요. 또한 제목에도 끝에 설을 붙여서 제목을 만들었어요. 설을 쓰는 작가는 말하려는 주제를 드러내지 않고 비유적으로 표현하거나 풍자하는 방법을 많이 사용해요. 대표적인 설로는 고려 시대 학자 이규보가 쓴 「슬견설」과 이곡의 「차마설」 등이 있어요.

차마설

이곡

"우리 집은 가난해서 말이 없소. 그래서 가끔 다른 사람에게 빌려서 말을 탔다오. 그런데 빌린 말이 여위고 둔해서 걸음이 느린 말이어도, 갈 길이 급하다고 감히 채찍질을 하지 못하고 조심조심하며 대할 수밖에 없었소. 내 말이 아니니 개울이나 구렁을 만나면 행여나 말이 다칠까 봐 말에서 내려 걸어가기까지 했다오. 그럴 때마다 말을 왜 빌렸지, 후회하기도 했소. 그러나 가끔 귀가 날카롭고 날쌘 말을 타고 달릴 때면 골짜기가 평지처럼 느껴질 정도로 빨라서 속 시원하기도 했다오. 하지만 너무 빨라서 어떤 때는 말에서 떨어질까 걱정도 들었다오.

아! 사람의 마음이 바뀌고 또 바뀌는 것이 이런 것과 같을까? 남의 물건을 빌려서 하루아침 쓰는 것도 이렇게 마음이 오락가락하는데, 자기가 가지고 있는 것은 어떠하겠는가.

그러나 사람이 가지고 있는 것은 어느 것 하나 빌리지 않은

비복 … 계집종과 사내종

것이 없소. 임금은 백성에게 힘을 빌려서 높고 부귀한 자리를 가졌고, 신하는 임금에게 권세를 빌려 은총을 누리며, 아들은 아버지에게, 아내는 남편에게, 비복•은 주인에게서 힘과 권세를 빌려서 가지고 있다오.

그렇게 빌린 것이 많은데 대부분 사람들은 그것이 자기 것인 줄 알고 반성할 줄 모르니 어찌 답답한 일이 아니겠는가?

그러다가도 잠깐 사이에 빌린 것이 제자리로 돌아가면 세상을 호령하던 임금도 외톨이가 되고, 권세를 누리던 신하도 외톨이가 되는데 하물며 그보다 힘없는 자들은 오죽 하겠는가?

맹자가 말하기를, 남의 것을 오랫동안 빌려 쓰면서 돌려주지 않으면 그것이 자기 것인 줄 착각한다고 했소.

내가 여기에 느낀 바가 있어 차마설을 지어서 세상에 알리고자 하오."

맹자

맹자는 공자의 뒤를 잇는 위대한 유학자이자 사상가예요. 그는 온갖 권모술수와 무력이 가득했던 전국 시대에 인의로서 백성을 다스리는 왕도 정치를 꿈꾸었어요. 여기서 '인의'란 '덕과 의리로써 사람을 감화시키는 것'을 의미하며 맹자 사상의 기본 바탕을 이루고 있지요. 또한 그는 성선설을 주장하였는데 이는 '사람의 타고난 본성이 착하다'고 보는 것으로 사람들은 태어날 때부터 착한 마음을 갖추고 있다고 믿었어요. 맹자는 이 성선설을 통해 개인의 도덕성을 깨우고 끊임없는 자기 수양의 필요성을 알리고자 했어요. 또한 그의 저서 『맹자』는 오늘날까지 전해지며 많은 이들에게 깨달음을 주고 있어요.

판소리계의 대표 소설

춘향전
토끼전·흥부전
심청전

춘향전
작자 미상

전라도 남원에 월매라는 기생이 있었어요. 월매에게는 춘향이라는 딸이 있었는데 춘향이는 얼굴도 예뻤을 뿐만 아니라 심성이 곱고 효심도 지극한 소녀였어요. 춘향이 일곱 살이 되었을 때는 서책을 들여다보며 열심히 공부를 했고 예의 바른 모습과 곧은 절개로 마을 사람들의 칭찬이 자자했어요.

이때 이한림이라는 양반이 남원 사또로 임명되어 남원으로 내려왔어요. 이 사또가 어질게 마을을 잘 다스린 덕분에 사방에 근심이 없었고 남원 백성들은 모두 그의 덕을 칭송하며 평화로운 나날을 보냈어요.

어느 날, 이 사또의 아들인 이 도령이 방자를 불러 말했어요.

"이 골짜기에서 가장 경치 좋은 곳이 어디냐? 봄이 되어 시를 짓고 싶으니 경치가 가장 빼어난 곳을 알려 다오."

그러자 방자가 대답했어요.

"도령님, 글공부하는 데에는 좋은 경치가 필요 없지 않습니까?"

"그거 무식한 말이로구나. 옛날부터 재주 많은 선비가 아름다운 강산을 구경하는 것은 글 짓는 데 근본이 되는 것이다. 신선도 자연을 두루 돌아보지 않느냐? 이러하니 좋은 경치를 찾는 게 어찌 부당하단 말이냐?"

그러자 방자가 이 도령이 원하는 대로 주변의 아름다운 경치를 말했어요.

"동문 밖에 나가오면 장림 숲 속 선원사가 좋사옵고, 서문 밖의 관왕묘는 삼국지 영웅 관우의 모습이 어제 오늘 같사옵고, 남문 밖에 나가오면 광한루 · 오작교 · 영주각이 좋사옵고, 북문 밖에 나가오면 푸른 하늘에 깎은 듯 우뚝 솟은 금부용에, 기이한 바위가 있는 교룡산성이 좋사옵니다. 도령님 뜻대로 하시지요."

"방자야, 네 말을 들어 보니 광한루와 오작교에 가고 싶구나. 그리로 구경 가자."

이 도령은 나귀를 타고 방자와 함께 광한루에 갔어요.

광한루에 이르니 흰 나비가 쌍쌍이 날아 너울너울 춤을 추고, 황금 같은 꾀꼬리가 숲 속으로 날아들었어요. 마치 견우직녀가 만났다는 오작교 같았어요. 아름다운 풍경에 기분이 좋아진 이 도령은 시를 지었어요.

> 높고 밝은 오작배요
> 광한궁에 옥으로 만든 계단이구나
> 하늘의 직녀는 어디에 있는가
> 지극히 흥겨운 오늘은 내가 견우로다

이 날은 오월 단옷날이었어요. 이때 월매 딸 춘향도 단오를 맞이하여 향단이를 데리고 와 그네를 뛰고 있었어요. 섬섬옥수*를 들어 그네 줄을 쥐고 그네에 살짝 올라 발을 구르자 춘향의 고운 옷고름과 치마가 그네 위에서 하늘거렸어요.

우연히 그 아름다운 모습을 본 이 도령은 정신을 잃을 것만 같았어요.

"방자야, 저 건너편에 어른어른하는 게 무엇이냐."

"이 고을 기생이던 월매의 딸 춘향이란 계집아이입니다. 제 어미는 기생이오나, 춘향이는 도도하여 기생 일을 하지 않겠다 하고 글공부도 하고 여공재질*도 갖추어 여염* 처자와 다름이 없나이다."

이 도령이 허허 웃고 방자를 불러서 말했어요.

"기생의 딸이라니 급히 가서 불러 오너라."

섬섬옥수 … 가냘프고 고운 여인의 손

여공재질 … 바느질이나 길쌈 등 여자가 갖추어야 할 기술

여염 … 일반 백성

방자가 이 도령의 분부를 듣고 그네를 뛰는 춘향이한테 건너가 말했어요.

"여봐라, 춘향아. 사또 자제 도령님이 광한루에 오셨다가 너 노는 모양을 보고 불러 오라신다."

이 말을 듣고 춘향은 화를 냈어요.

"도령님이 어찌 나를 알아서 부른단 말이냐? 네가 나에 관한 말을 도령님께 고했나 보구나."

"무슨 소리냐? 내가 네 말을 한 것이 아니다. 자고로 계집아이가 그네를 타려면 너희 집 뜰 안에 줄을 매고 남모르게 그네를 타는 것이 당연하지 않느냐? 그런데 너는 사람들이 모이는 광한루에서 그네를 뛰며 네 치마를 동남풍에 펄렁펄렁 거리지 않았느냐? 그 모습을 보고 도령님이 너를 부르시니 내가 무슨 말을 하겠느냐? 잔말 말고 어서 가자."

"하지만 오늘은 단옷날이지 않느냐? 다른 집 처자들도 이곳에서 함께 그네를 탔을 뿐만 아니라 내가 기생도 아니거늘 함부로 부를 일도 없고 부른대도 갈 리가 없다. 당초에 네가 말을 잘못 들은 모양이구나."

방자가 광한루로 돌아와 이 도령에게 그 말을 전하니 이 도령이 말했어요.

"과연 그 말이 옳구나! 방자야, 다시 가서 말을 이렇게 해 보거라."

방자가 이 도령의 전갈을 듣고 춘향에게 달려가니 그사이에 춘향은 제집으로 돌아가 버리고 없었어요. 방자가 춘향의 집을 찾아가니 춘향 어머니와 춘향이 마주 앉아 점심을 먹고 있는 참이었어요. 방자가 들어가니 춘향이 물었어요.

"너는 왜 또 오느냐?"

"도령님이 다시 말씀하시더라. '내가 너를 기생으로 아는 것이 아니라, 들으니 네가 글을 잘한다기에 만나고 싶은 것뿐이다. 여염집 처녀를 불러내는 걸 흠으로 알지 말고 잠깐 다녀가라' 하시더라."

그러자 춘향 어머니가 나서서 말을 했어요.

"내가 간밤에 꿈속에서 난데없이 청룡 한 마리를 보아서 무슨 좋은 일이 있을까 하였더니, 우연한 일이 아닌가 보구나. 또한 들으니 사또 자제 도령님의 이름이 몽룡이라 하니 꿈 몽자, 용 룡 자와 신통하게 맞아 떨어지는구나. 양반이 부르시는데 아니 갈 수 있느냐. 춘향아, 잠깐 다녀오너라."

춘향이 그제야 못 이기는 체하고 겨우 일어나 광한루에 건너가자 이 도령이 물었어요.

"네 성은 무엇이며 나이는 몇 살이냐?"

"성은 성 가이옵고, 나이는 열여섯이옵니다."

"허허, 그 말 반갑구나. 네 나이 들어 보니 나와 동갑이요, 성씨를 들어 보니 나와 천생연분인 것이 분명하구나. 너의 부모 다 계시냐?"

"편모슬하*이옵니다."

"몇 형제나 되느냐?"

"무남독녀로 저 하나이옵니다."

"너도 남의 집 귀한 딸이구나. 천생연분인 우리 둘이 만났으니 평생 동안 함께 행복을 이뤄 보자."

그러자 춘향이 고운 목소리로 말했어요.

"충신은 두 임금을 섬기지 아니하고 열녀는 두 지아비를 섬기지 않는다는데, 도령님은 귀공자요, 소녀는 천한 출신이오라 한 번 도령님께 마음을 드린 후 도령님이 절 버리시면, 일편단심 이내 마음 독수공방* 홀로 누워 우는 한을 저 아니면 누가 알겠습니까? 그런 분부 다시는 마옵소서."

이 도령이 춘향의 말에 웃으며 말했어요.

"네 말을 들어 보니 기특하구나. 걱정 말거라. 우리 둘이 인연을 맺을 때 내 너를 버리지 않겠다고 약속하겠다. 오늘 밤 네 집에 갈 것이니 기다리고 있거라."

춘향을 보내고 난 후, 이 도령은 방에 돌아와 책을 펼쳤지만 책 내용은 눈에 들어오지 않고 다만 춘향 생각뿐이었어요.

편모슬하 … 홀어머니를 모시고 있는 처지

독수공방 … 아내가 남편 없이 혼자 지내는 것

춘향의 목소리가 귀에 쟁쟁하고 고운 태도가 눈에 삼삼해서 해가 얼른 지기만을 기다렸어요.

해가 지자마자 이 도령은 방자를 불러 말했어요.

"방자야! 아버지 방에 불 비치지 않게 조심히 등불을 밝히거라. 지체 말고 어서 춘향에게 가자."

춘향의 집 앞에 도착하자 방자가 먼저 살며시 들어가 방 밖에서 춘향을 불렀어요.

"춘향아, 잠들었느냐?"

방 안에서 거문고를 타다 깜박 졸고 있던 춘향이 놀라 물었어요.

"방자 네가 여기엔 웬일이냐?"

"도령님이 와 계신다."

춘향이 이 말을 듣고 가슴이 울렁울렁하고 부끄러워 문을 열고 나오더니, 건넌방에 가서 어머니를 깨웠어요. 자고 있던 춘향 어머니가 물었어요.

"아가, 무슨 일이냐?"

"어머니, 방자가 도령님 뫼시고 오셨답니다."

그 소리에 춘향 어머니가 향단이를 불러 일러두었어요.

"향단아! 뒤 초당에 술상과 등불을 마련하여 두어라."

그러고는 춘향 어머니가 나가 이 도령에게 공손히 인사하고 말했어요.

"귀중하신 도령님, 누추한 집에 와 주시니 황공하고 감격이 옵니다."

춘향 어머니가 반갑게 맞이하자 그제야 말문이 열린 이 도령이 말했어요.

"내 우연히 광한루에서 춘향을 잠깐 보고 탐화봉접● 같이 취한 마음이 들어, 오늘 밤에 자네 딸 춘향과 백년언약 맺고자 하는데 자네의 마음은 어떠한가?"

"저희 집안이 부족하여 춘향의 혼인이 늦어져서 밤낮으로 걱정입니다. 도령님께서 잠깐 흔들린 마음에 춘향이와 백년가 약을 맺는다는 말씀이신 것 같은데 그런 말씀 마시고 그냥 노시다 가시옵소서."

이 말은 춘향 어머니의 진심이 아니라 앞으로 이 도령이 춘향을 버릴지 몰라 뒷일을 걱정하여 이 도령에게 미리 다짐을 받기 위해 한 말이었어요. 이 말에 이 도령이 말했어요.

"나도 장가가기 전이니 첫 장가같이 여길 것이오. 정식 혼례를 치루지 못할망정 양반의 자식이 일구이언● 을 할 리가 있 겠나? 걱정 말고 허락만 하여 주시오."

이 도령의 말에 춘향 어머니가 말했어요.

탐화봉접 … 꽃을 찾아 다니는 벌과 나비

일구이언 … 한 입에서 두 말을 하는 것

"향단아, 술상 준비되었느냐? 어서 내어 오너라."

술상을 앞에 두고 이 도령이 잔을 받아 말했어요.

"내 마음대로 할 수 있다면 너와 당장 정식 혼례를 치루고 싶으나 그렇게 못하고 남의 눈을 피해 드나들며 서방 노릇을 해야 하니 이 얼마나 원통한지 모르겠다. 허나 춘향아, 우리 둘이 이 술을 혼례 때 마시는 술로 알고 먹자."

그러면서 이 도령이 춘향에게 술을 한 잔 가득 부어 주고 말했어요.

"춘향아, 내 말 잘 듣거라. 첫째 잔은 인사주요, 둘째 잔은 합환주●다. 우리 연분은 천 년 만 년 변치 않을 것이다. 대대로 자손이 많이 번성하여 오래도록 살다가 한날한시에 마주 누워 죽게 되면 좋겠구나!"

춘향과 이 도령은 둘이 만나 벅찬 마음에 세월 가는 줄 모르고 시간을 보냈어요.

이 도령은 춘향의 집에 하루가 멀다 하고 찾아갔고 두 사람은 행복한 시간을 보냈어요. 그렇게 일 년이 지난 어느 날, 그날도 춘향의 집에서 놀고 있던 이 도령에게 방자가 급히 뛰어와 말했어요.

"도령님! 사또께옵서 부르십니다."

이 도령이 급히 춘향의 집을 나서 아버지가 있는 사또의 방

●
합환주 ··· 혼례 때 신랑 신부가 서로 바꿔 마시는 술

으로 들어가니 사또가 말했어요.

"아들아, 한양에서 동부승지에 임명한다는 명령이 내려왔다. 나도 이곳의 일들을 정리하고 올라갈 것이니, 너는 내일 어머니를 모시고 먼저 떠나거라."

아버지의 벼슬이 올랐다는 소리를 듣고 이 도령은 반가웠으나 한편 춘향을 생각하니 가슴이 답답하고 온몸의 맥이 풀리는 것 같았어요. 이제 춘향을 보지 못할 수도 있다는 생각에 눈물이 나올 것 같았어요. 이 도령은 간신히 울음을 참았지만 춘향의 집 앞에 도착하자마자 눈물이 왈칵 쏟아져 나왔어요.

"아니, 이게 웬일입니까? 집에 가시더니 꾸중을 들으셨습니까? 한양에서 무슨 기별이 왔다더니, 점잖으신 서방님이 이게 웬일이세요? 울지 마세요."

놀라 뛰쳐나온 춘향이 치맛자락을 잡고 도령의 눈물을 닦아 주며 달랬어요.

"서방님, 도대체 왜 우시는 거예요?"

"춘향아, 아버지께서 동부승지로 임명되셨단다."

"서방님 댁의 경사 아닙니까? 그런데 왜 우신답니까?"

"너를 버리고 한양으로 가게 되었으니 내 아니 답답하겠느냐?"

이 말에 춘향이 발을 동동 구르더니 돌아 앉아 말했어요.

"서방님! 지금 하신 말씀이 정말이세요? 광한루에서 저를 잠

간 보고 한밤중에 저희 집에 찾아와서 서방님은 저기 앉고 저는 여기 앉아 저한테 '약속은 어기지 않는다'고 단옷날 밤에 제 손목 부여잡고 우뚝 서서 밝은 하늘 천 번이나 가리키며 만 번이나 맹세하기에 내 정녕 믿었더니, 서방님 가실 때는 뚝 떼어 버리시니 이팔청춘 젊은 것이 낭군 없이 어찌 살란 말입니까. 서방님, 제가 천하다고 함부로 버리셔도 그만인 줄로 알지 마세요. 팔자 사나운 춘향이가 입이 써서 밥 못 먹고 잠 못 자면 며칠이나 살 것 같습니까? 상사병이 들어 애통하다 죽게 되면 슬프고 원통한 이 혼이 귀신이 될 것이니, 귀중하신 서방님께 그건 재앙이 아니겠습니까. 사람대접을 그리 마세요. 애고 애고 서러워라."

춘향이 서럽게 울자 방 안에 있던 춘향 어머니가 나와 사정도 모르고 이 도령에게 따졌어요.

"그게 무슨 소리요? 내 딸 춘향을 버리고 간다니 우리 딸이 무슨 죄를 지었소? 춘향이가 도령님을 모신 일 년 간 예절이 그르던가, 바느질이 서툴던가, 언어가 불순하던가, 무엇이 그르던가? 군자가 숙녀를 버리다니 이게 웬 날벼락이오?"

"여보게, 장모. 춘향만 데려가면 그만 아니오."

"그래, 춘향일 안 데려가고 자네가 어찌 버티겠소?"

춘향이가 그 말 듣고 이 도령을 물끄러미 바라보더니 말했어요.

"어머니, 서방님 너무 조르지 마세요. 우리 모녀의 신세가 서방님에게 달렸으니 알아서 하시라 당부만 하면 됩니다. 아무래도 이번엔 이별할 수밖에 없는 것 같아요. 서방님을 떠나보내야 하는 건 알고 있지만 그저 제 마음이 갑갑하여 그랬습니다. 어머니는 그만 건넌방으로 가세요."

춘향 어머니를 건넌방으로 보내고 춘향과 이 도령은 서로 마주 보았어요. 두 사람은 앞으로 헤어져야 할 것을 생각하니 눈앞이 캄캄했어요. 춘향은 한숨을 쉬고 흐느껴 울면서 말했어요.

"서방님이 한양에 올라가시면 봄바람 부는 거리마다 어여쁜 여인들이 반길 터인데 서방님이 나 같은 시골의 천한 것을 생각이나 하시겠습니까?"

"춘향아, 울지 마라. 한양에 아무리 옥같이 아름다운 여자가 많다고 해도 깊은 정을 나눈 이는 너밖에 없다. 내가 어찌 너를 잠시라도 잊겠느냐?"

두 사람은 어찌해야 좋을지 몰라 그저 서로의 손만 꼭 붙잡고 있었어요. 그때 방자가 들어오며 말했어요.

"도령님, 이제 곧 떠날 준비를 하시옵소서."

이 소리에 춘향이 급히 향단을 시켜 술상을 내오게 했어요. 춘향은 눈물 젖은 눈으로 이 도령에게 술을 한 잔 따라 주며 말했어요.

"서방님, 제 손으로 따라 드리는 술이나 마지막으로 잡수세요. 가시는 길 천금같이 귀하신 몸 부디부디 조심하여 한양 길에 평안히 행차하세요. 종종 편지나 하옵소서."

이 도령을 떠나보낸 춘향은 그날 밤, 하늘을 우러러 보며 탄식했어요.

"하루아침에 낭군님과 이별하니 언제쯤 다시 만나 뵐 수 있을까. 이제 나 혼자뿐이로구나. 밤은 깊었는데 앉아 있는다고 임이 올까, 누워 있는다고 잠이 올까. 임도 잠도 오지 않는구나."

잠 못 이루는 것은 춘향뿐만이 아니었어요. 이 도령도 한양에서 잠을 이루지 못하고 있었어요.

"보고 싶구나. 나의 사랑 춘향이가 보고 싶구나. 낮이나 밤이나 잊지 못하는 우리 사랑, 날 보내고 그리워하는 마음 어서 다시 만나 풀리라."

날이 가고 달이 갈수록 춘향에 대한 그리움이 커진 이 도령은 공부를 열심히 하기로 마음을 굳게 먹었어요. 과거에 급제하여 어서 춘향을 만나러 내려가기 위해서였어요.

한편, 남원에는 이 사또가 가고 새로운 사또가 부임 오게 되었어요. 변학도라고 하는 양반이었는데 성격이 괴팍하고 고집

불통이었어요. 새로 오게 된 사또를 축하하는 잔치에서 변 사또가 명령했어요.

"이 마을의 기생들을 모두 데려와 인사시켜라."

변 사또의 명령에 이방이 남원의 기생들을 불러 놓고 이름을 하나하나 불렀어요.

"활짝 핀 봄꽃보다 더 곱구나, 도홍이."

"밝은 달이 푸른 바다 속에 잠긴 듯한 백옥 같은 명옥이."

"버들가지를 가볍게 날아다니는 금빛 새처럼 낭랑한 앵앵이."

이런 식으로 한참동안 기생들의 이름을 부르며 소개했어요.

"……애절이."

"……탄금이."

"……금낭이."

어여쁜 기생들도 많았지만 변 사또의 눈에는 아무도 들어오지 않았어요. 남원에 오기 전부터 춘향이 아름답다는 소문을 듣고 춘향을 보려 했던 변 사또는 춘향의 이름이 없자 이방에게 물었어요.

"어째서 춘향의 이름은 나오지 않는 게냐?"

이에 이방이 고개를 조아리며 대답했어요.

"춘향의 어미는 기생이로되 춘향은 기생이 아니옵니다. 춘향은 본래 기생의 딸이오나, 전 남원 사또 자제인 이 도령과

백년가약을 맺어서 도령님 가실 때 과거에
급제하면 데려간다고 약속하였답니다. 춘향
이도 그리 알고 수절하고 있사옵니다."

이 말에 변 사또는 화를 내며 말했어요.

"내가 춘향이라는 그 계집아이를 보려고
마음먹었는데 어찌 이제 와서 그만두겠느
냐? 잔말 말고 어서 불러 와라. 춘향을 데려
오지 못하면 네놈부터 곤장으로 다스릴 것이
야!"

이방은 어쩔 수 없이 춘향의 집에 찾아가
춘향을 억지로 끌고 왔어요. 춘향은 변 사또
앞에 단정히 앉았어요. 춘향의 고운 모습에
변 사또는 감탄하며 춘향에게 명령했어요.

"네가 춘향이렷다. 오늘부터 몸단장을 단
정히 하고 내 수청을 들라."

"저는 수청을 들 수 없습니다."

당당하게 거절하는 춘향에게 사또가 웃으
며 말했어요.

"아름답고 아름답구나. 네가 진정 열녀로
다. 네 곧은 절개가 어찌 그리 어여쁘냐. 그래, 당연한 말이로
다. 하지만 이 도령은 이제 명문 귀족의 사위가 되었으니, 한

때 잠깐 같이 놀던 너를 조금이라도 생각하겠느냐? 너 혼자 평생 수절하다가 고운 얼굴 늙어지고 백발이 드리우면, 불쌍하고 가련한 게 너 아니겠느냐? 네 아무리 수절한들 누가 너를 열녀라 칭찬하겠느냐.”

“충신은 두 임금을 섬기지 않으며 열녀는 두 남편을 섬기지 않고 절개를 지킨다 함을 본받고자 합니다. 그런데 저에게 자꾸 수청을 들라니 사는 것이 죽는 것만 못하옵니다. 정절이 있는 여자는 두 남편을 섬기지 못하오니 그리 아시옵소서.”

춘향의 말에 변 사또는 단단히 화가 났어요.

“네가 사또의 명이 무서운 줄 모르나 보구나. 나를 거역한 죄로 무거운 벌을 받을 것이다. 죽는다고 서러워 마라!”

이 말에 춘향은 눈 하나 까딱하지 않고 소리쳤어요.

“유부녀를 겁탈하려는 것은 죄가 아니고 무엇입니까.”

사또가 기가 막혀 앞에 놓인 상을 세게 내리쳤어요. 그 바람에 쓰고 있던 탕건이 벗겨질 정도였어요. 변 사또는 쉰 목소리로 외쳤어요.

“이년을 당장 잡아 매우 쳐라!”

매를 맞게 된 춘향이 안쓰러웠던 이방은 사또 몰래 춘향에게 귓속말로 말했어요.

“한 두 대만 참아라. 변 사또가 잔뜩 화가 난 모양이야. 한 두 대만 맞고 수청을 드는 게 춘향이 너한테도 좋을 거다.”

하지만 한 대, 두 대, 세 대……. 스물다섯 대나 맞고도 춘향은 수청을 들겠단 소리를 하지 않았어요. 춘향은 억울하게 매를 맞는 설움에 눈물을 뚝뚝 흘렸어요. 춘향은 매를 맞으면서 먼 하늘에 날아가는 기러기를 바라보며 말했어요.

"기러기야, 너 가는 곳이 어디냐. 네가 가는 길에 한양성에 찾아 가 우리 님께 내 말을 부디 전해 다오. 나의 모습을 잘 보고 부디부디 잊지 말렴."

춘향이 말도 제대로 잇지 못하고 모진 매질을 견디는 모습을 보며 구경하던 사람들은 물론이고 매질하던 사령도 눈물지으며 말했어요.

"사람의 자식으로서 더 이상은 못 때리겠네."

"정말 춘향의 정절이 대단하구먼. 하늘이 낸 열녀로군."

모두들 춘향의 모습을 보며 눈시울을 붉힐 때 변 사또의 마음도 조금 누그러져서 춘향이에게 다시 물었어요.

"그래, 이제 어떠냐? 이래도 수청을 들지 않겠느냐?"

그러자 아픔을 참느라 반쯤 정신을 잃은 춘향이 악을 쓰며 대답했어요.

"사또, 한 번 죽기로 결심한 제 마음을 어찌 그리 모르십니까? 계집이 품은 원한은 오뉴월에도 서리를 내리게 합니다. 제가 원통한 한을 품고 죽을 것이니 아무리 사또여도 무사하지 못할 것입니다. 그냥 죽여 주소서."

"허, 거참 독한 계집이로고. 여봐라! 이 계집을 당장 옥에 가두어라."

옥 안에 갇힌 춘향은 슬프게 울다가 깜빡 잠이 들어 꿈을 꾸었어요. 옥창 밖에 앵두꽃이 떨어져 보이고, 거울이 깨어져 보이고, 문 위에 허수아비가 달려 있는 듯한 꿈이었어요. 꿈에서 깬 춘향은 불길한 생각이 들었어요.

'내가 죽을 꿈이로구나.'

춘향이 깊은 걱정에 밤을 샐 때 감옥 밖에 장님이 지나가며 점을 봐 준다는 소리를 들었어요. 그 소리를 듣고 춘향이 어머니에게 부탁했어요.

"어머니, 저 봉사 좀 불러 주세요."

춘향의 부탁에 춘향 어머니는 봉사를 데리고 옥으로 들어갔어요. 봉사가 옥에 갇혀 있는 춘향을 보고 물었어요.

"무슨 일로 나를 불렀소?"

"예, 다름이 아니라 간밤에 불길한 꿈을 꾸었는데 이 뜻을 알 길이 없어 도움을 받고자 합니다. 또 우리 서방님이 언제 오실지 점을 보고 싶어 청했습니다."

"그래, 알겠네."

봉사가 춘향의 말을 듣고 산통●을 철경철경 흔들며 점괘를 보더니 말했어요.

산통 … 장님이 점을 칠 때 산가지를 넣는 조그만 통

"어디 보자, 일이삼사오륙칠. 허허, 좋다. 좋은 점괘로다. 자네 서방님이 곧 내려와서 평생의 한을 풀겠네. 걱정 마오, 참 좋거든."

"말대로 이루어지면 얼마나 좋겠습니까. 그럼 이번엔 간밤에 꾼 꿈의 해몽이나 좀 하여 주옵소서."

"어디 자세히 말을 해 보게."

"멀쩡하던 거울이 깨져 보이고, 창 앞에 앵두꽃이 떨어져 보이고, 문 위에 허수아비가 달린 듯이 보이고, 태산이 무너지고, 바닷물이 말라 보이니 이것은 곧 제가 죽을 꿈 아닙니까?"

봉사가 춘향의 말에 가만히 생각해 보다가 말했어요.

"그 꿈도 굉장히 좋구면. 꽃이 떨어지니 곧 열매를 맺을 것이요, 거울이 깨어질 때 당연히 큰 소리가 나지 않겠소. 문 위의 허수아비 달렸다는 것은 만인이 다 우러러 볼 것이오. 바다가 말랐으니 용의 얼굴을 볼 수 있을 것이며, 산이 무너지면 평지가 될 것이다. 좋구나. 쌍가마● 탈 꿈이로세. 걱정 말게."

장님이 이렇게 말할 때 까마귀 한 마리가 감옥 밖 담장에 와 앉아서 '가옥가옥' 울었어요. 불길한 생각에 춘향이 손짓을 해 까마귀를 날리고 한숨을 지으며 말했어요.

"방정맞은 까마귀야. 어차피 나는 곧 죽을 몸, 재촉하지 말거라."

봉사가 이 말을 듣더니 손바닥을 탁 치며 말했어요.

●

쌍가마 ⋯ 말 두 마리가 이끄는 좋은 가마

반신반의 ⋯ 얼마쯤 믿으면서도 한편으로는 의심하는 것

"가만 있어 보게. 그 까마귀가 '가옥가옥' 그렇게 울었지? 좋다, 좋아! 가는 아름다울 가(嘉)요, 옥은 집 옥(屋) 자이지 않은가? 아름답고 즐겁고 좋은 일이 곧 찾아와서 억울하게 맺힌 한을 풀 것이니 조금도 걱정하지 말게. 복채는 천 냥을 준대도 받지 않을 것이니 앞으로 귀하게 되었을 때 나를 무시하지만 말아 주게. 나는 가네."

이 말을 마치고 장님은 옥을 나섰어요. 춘향이는 장님의 말에 반신반의●하며 옥에서 걱정스러운 나날을 보냈어요.

한편, 한양성에 있던 이 도령은 밤낮으로 열심히 공부하여 과거에 급제하였어요. 이 도령의 뛰어난 글솜씨에 임금은 칭찬을 하며 말했어요.

"그대는 암행어사가 되어 나라의 못된 벼슬아치들을 뿌리 뽑아 주게나."

이 도령은 임금의 명에 따라 사또가 뇌물을 받아 백성들을 괴롭힌다는 소문이 있는 남원으로 내려가기로 했어요. 벼슬아치들의 눈을 속이기 위해 낡은 옷을 입고 찢어진 갓을 쓰고 헌 부채를 들었어요. 그리고 부채에는 장신구 대신 솔방울을 달고 남원으로 향했어요. 낡은 차림을 한 이 도령이 논을 지나는데 마침 농부가 논을 매고 있었어요. 이 도령은 농부에게 슬쩍 물어보았어요.

"이보게, 이 마을에 춘향이라는 여인이 사또의 수청을 들어 뇌물을 받아먹었다는데 사실이오?"

이 도령의 말에 농부는 벌컥 화를 내며 대답했어요.

"그런 말도 안 되는 소리는 어디서 들었소? 지금 춘향이는 변 사또의 수청을 거절했다고 매를 맞고 옥에 갇혔다오. 요즘 세상에 그런 열녀를 어디서 찾을 수 있겠소? 춘향이 같은 열녀를 두고 한양으로 올라가 버린 이 도령인지 삼 도령인지 그놈의 자식은 소식이 없다고 하오. 그런 놈은 벼슬은커녕 사람 구실도 못 할 거요."

춘향에 관한 이야기를 떠봤다가 도리어 욕을 먹은 이 도령은 머쓱해서 그 자리를 피했어요. 이 도령이 계속해서 남원으로 내려가는데 한 아이가 시조를 읊으며 걸어가고 있었어요.

"오늘이 며칠일까. 천리 길 한양성을 며칠 걸어 올라갈까. 불쌍하다, 춘향이는 이 서방을 생각하여 옥중에 갇혀서 목숨이 위태로우니 불쌍하다. 몹쓸 양반 이 서방은 한 번 간 후 소식이 없으니, 양반의 도리는 그러한가?"

이 도령이 그 시조를 듣고 아이를 불러 세워 물었어요.

"너는 어디서 오는 길이냐?"

"남원읍에서 한양으로 가는 길이에요."

"무슨 일로 가는 것이냐?"

"춘향의 편지를 갖고 옛 사또 어르신 댁에 가는 길이에요."

춘향의 편지라는 말에 이 도령은 눈이 번쩍 떠져 아이에게 말했어요.

"애야, 그 편지 좀 보자꾸나."

이 도령이 아이에게 부탁하여 편지를 펼쳤어요.

'한 번 이별한 후에 오랫동안 소식이 끊겼사온데 도련님께서는 평안하신지요. 소녀 춘향은 형틀 위에서 매를 맞아 언제 목숨을 잃을지 모르옵니다. 허나 제 몸이 비록 만 번 죽을지라도 열녀는 두 지아비를 섬기지 않을 것입니다. 저의 목숨이 어찌될지 모르오니 서방님께서 제 사정을 아시고 처리하여 주셨으면 합니다.'

그리고 편지 끝에 시조가 쓰여 있었어요.

지난해 어느 때 님 이별하였던가.
엊그제 겨울이더니 벌써 가을이 가네.
거친 바람 깊은 밤에 눈물이 비같이 흐르니
어찌하여 나는 남원 옥에 죄수가 되었나.

시조를 읽은 이 도령의 두 눈에 눈물이 맺혔어요. 그 모습을 본 아이가 의아하다는 듯이 물었어요.

"아니, 남의 편지를 보고 왜 우나요?"

"이 이야기가 너무 슬퍼서 나도 모르게 눈물이 나는구나."

"우는 건 좋은데 남의 편지에 눈물 묻어서 찢어질 수 있으니 조심하세요."

"애야, 이 도령은 나와 친한 친구란다. 내일 남원에서 만나기로 했으니 나와 있다가 이 도령을 만나뵐거라."

"내가 어찌 어르신 말을 믿겠어요? 어서 편지나 내놓으세요."

아이가 이 도령의 옷 앞자락을 잡고 편지를 뺏으려는데 잘못하다 이 도령의 허리춤에 둘러진 마패를 보고 말았어요. 아이는 눈이 휘둥그레져서 물었어요.

"어르신, 이것이 무엇이랍니까?"

"쉿, 이건 비밀이다. 이 얘기를 남에게 했다간 큰일 날 것이다."

이 도령은 아이에게 당부하고 해가 질 무렵, 남원으로 들어갔어요. 남원의 박석고개에 올라 사방을 둘러보니 산도 옛날에 보던 그 산이고, 물도 옛날에 보던 물이었어요. 오랜만에 보는 남원의 모습이 반가웠어요.

"광한루야 잘 있더냐? 오작교야 무사하냐? 푸르른 수양버들은 나귀 매고 놀던 터요, 계곡의 맑은 물은 내 발을 씻던 청계수로구나. 저 넓은 길은 내가 오고 가던 옛길이다."

이 도령은 마을을 한 번 둘러보고 춘향의 집으로 향했어요. 이미 어둑해진 집 안뜰은 조용했는데 부엌 쪽에서 춘향 어머니가 솥에 불을 붙이며 한탄하고 있었어요.

"애고애고, 내 팔자야. 참 이 서방도 모질지. 위태로운 이 지경에 사위라는 이 도령은 내 딸을 아주 잊었는지 소식조차 없구나. 애고애고, 서러워라. 향단아, 이리 와 불 넣어라."

그러더니 춘향 어머니는 깨끗한 물을 한 그릇 떠 놓고 땅에 엎드려 기도했어요.

"하늘이시여, 소원을 들어주소서. 우리 외동딸 춘향이가 억울하게 매를 맞고 옥중에 갇혀 있으니 살릴 길이 없습니다. 하늘께서 제 기도를 들어주시어 한양에 있는 이몽룡을 높은 벼슬에 올려 내 딸 춘향을 살려 주시옵소서."

그 모습을 본 이 도령은 춘향 어머니의 정성을 보고 '내가 벼슬한 것이 우리 장모의 덕이 크구나'하며 감사했어요. 하지만 아직 암행어사인 자신의 신분을 드러낼 수가 없었어요. 이 도령은 찢어진 갓을 고쳐 쓰고 춘향의 집에 불쑥 들어서며 말했어요.

"그 안에 누구 있느냐?"

"뉘시오?"

"이 서방일세."

이 도령의 말에 춘향 어머니는 기뻐하며 뛰쳐나오면서 말했어요.

"정말 이 서방인가? 애고, 우리 춘향이가 살았구나!"

춘향 어머니가 반기며 이 도령의 손을 잡고 방 안으로 들어

가서 촛불을 켰어요. 그런데 이 도령을 앉혀 놓고 자세히 살펴보니 이 도령은 걸인 중에서도 상걸인이 되어 있었어요. 이 도령의 가난에 찌든 모습에 춘향 어머니는 기가 막혀 물었어요.

"아니, 이게 웬일이오?"

"내 그때 한양에 올라가서 과거를 몇 번이나 봤지만 떨어지고 재산을 다 쓰는 바람에 아버지께선 동네에 있는 조그만 서당에서 훈장 노릇을 하고 계시고 어머니는 친정으로 가셨다네. 가족들이 전부 뿔뿔이 갈라지는 바람에 나도 남원에 내려와서 춘향이에게 돈이나 조금 얻어 갈까 했더니, 이쪽 상황도 말이 아닌가보군."

"이 무정한 이 사람아, 이별한 후로 소식이 없더니 이런 말도 안 되는 소식만 가져왔소? 이제 와서 누구를 원망하든 아무 소용없겠지만 내 딸 춘향 어쩔거요?"

한탄하는 춘향 어머니 앞에서 이 도령은 모르는 체 하고 말했어요.

"이보게, 시장하여 죽겠네. 나 밥 한 술 주게나."

"밥 없네."

춘향 어머니는 홧김에 이 도령에게 톡 쏘아 붙였어요. 이때 춘향이 있던 옥에 다녀온 향단이가 이 도령이 돌아온 것을 알고 반가움에 방문을 열어젖히고 인사했어요.

"아이고, 마님. 도령님께 그렇게 차갑게 굴지 마셔요. 춘향

아씨가 알면 야단이실 겁니다."

그리고는 향단이가 부엌으로 들어가더니, 밥에 풋고추와 겉절이 양념을 넣고 냉수를 한 가득 떠서 이 도령 앞에 올렸어요. 이 도령은 밥상에 반가워하며 말했어요.

"밥아, 너 본 지 오랜만이로구나!"

이 도령은 온갖 반찬들을 한 곳에다 붓더니, 숟가락도 대지 않고 맨손으로 허겁지겁 먹어 치웠어요. 이 모습을 보고 춘향 어머니는 한숨을 내쉬었어요. 이 도령이 식사를 마칠 즈음, 향단이가 훌쩍거리며 말했어요.

"도령님, 어찌하면 좋아요. 우리 착한 춘향 아씨는 꼼짝없이 죽게 생겼어요. 어찌할까요, 어찌할까요?"

"향단아, 울지 말거라. 춘향이는 살 수 있을 것이다. 여보게, 장모. 춘향이나 좀 보러 가야겠소."

이 도령은 춘향 어머니와 함께 춘향이 갇힌 옥으로 향했어요. 춘향 어머니가 먼저 들어가자 옥 안에 있던 춘향이가 깜짝 놀라 물었어요.

"어머니, 이런 시간에 어쩐 일이세요? 몹쓸 딸자식을 생각하여 이렇게 자주 다니시다가 무슨 변을 당할지 모릅니다."

"춘향아, 난 걱정 말고 정신 차리거라. 왔다."

"네? 오다니 누가 와요?"

"내려 왔단다."

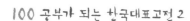

"어머니, 궁금해 죽겠어요. 빨리 일러 주세요. 혹시나 서방님 소식인가요? 언제 오신다는 소식이 왔나요? 벼슬에 올랐다는 공문이 왔나요?"

"네 서방인지 남방인지, 웬 걸인이 하나 내려 왔다."

"정말이세요? 서방님이 직접 오시다니! 꿈 중에 보던 서방님을 정말로 볼 수 있는 건가요?"

춘향이 반가움에 옥문 바깥으로 손을 내밀자 이 도령이 손을 꼭 잡아 주었어요. 춘향이는 기쁨에 어쩔 줄을 몰라 하며 말했어요.

"꿈만 같아요, 서방님. 밤낮으로 그리워했던 서방님을 이렇게 쉽게 만날 수 있을지 상상도 못했습니다. 전 이제 죽어도 한이 없어요. 내 신세가 이렇게 되어 죽게 될 때 이렇게 서방님이 오시다니! 절 살리러 와 주신거지요?"

춘향이 한참 이렇게 반기다가 이 도령의 모습을 자세히 보니 영락없는 거지꼴을 하고 있었어요. 춘향은 놀라 눈을 동그랗게 뜨고 물었어요.

"서방님. 내 몸 하나 죽는 것은 서러운 마음 없습니다만, 서방님의 모습을 보니 제 마음이 너무 아픕니다."

"그래, 춘향아. 서러워하지 말거라. 설마 네가 죽겠느냐?"

그렇게 대답하는 이 도령을 안쓰럽게 쳐다보던 춘향이 어머니를 불러 한숨을 쉬며 말했어요.

"한양에 계신 서방님을 가뭄에 비를 기다리듯 간절히 기다렸지만 이제 그 기대가 다 무너졌습니다. 저는 꼼짝없이 죽게 되었습니다. 어머니, 마지막 가는 마당에 제 소원 좀 들어주세요. 제가 죽거든 제가 입던 비단 옷이 옷장 안에 들어 있으니 그 옷을 내어 팔아다가 고운 모시와 바꾸어서 물색을 곱게 들여 서방님이 입을 도포를 만들고, 비단으로 만든 제 치마를 전부 팔아다가 서방님의 갓과 망건, 신발을 사 드리세요. 은비녀, 옥지환 같은 패물이 함 속에 들었으니, 그것도 팔아다가 서방님 홑바지도 해 드리세요. 저는 곧 죽을 것이니 살림을 갖고 있어 봤자 무얼 하겠습니까. 제가 가진 것들을 팔아다가 맛있는 반찬에 좋은 식사를 대접해 주세요."

춘향이 이번에는 이 도령을 불러 말했어요.

"서방님, 내일이 변 사또 생일이라 잔치가 있습니다. 변 사또가 술에 취해 술주정이 심해지면 저를 죽일 것입니다. 제가 죽거든 제 장례를 치러 주세요. 서방님께서 벼슬길에 오르게 되시면 그때 저를 위해 비석을 하나 세워 제 가슴에 맺힌 원한이나 풀어 주세요. 우리 불쌍한 어머니! 제가 없으면 누가 우리 어머니를 돌봐 드릴까요."

춘향이 서럽게 울자 이 도령은 춘향의 손을 꼭 잡아 주며 달
랬어요. 이 도령은 차마 발길이 떨어지지 않았지만 어쩔 수 없
이 춘향이를 옥에 남겨 두고 춘향의 집으로 돌아왔어요.

이튿날, 변 사또의 생일잔치에 가까운 곳에 있는 수령들이
남원으로 모여 들었어요. 변 사또의 부하인 운봉은 하인을 시
켜 커다란 소를 잡고 맛있는 차와 과자, 술과 음식들을 준비했
어요. 화려한 깃발들이 장식되고 흥겨운 음악과 아름다운 옷
을 입은 기생들로 변 사또의 생일잔치는 떠들썩했어요. 수령
들은 너 나 할 것 없이 술에 취해 잔치를 즐기고 있었어요.
　이 모습을 밖에서 바라보고 있던 이 도령은 하인에게 다가
가 말했어요.
　"여봐라, 사또께 여쭈어 보거라. 먼 곳에서 온 걸인이 안주
와 술 좀 얻어먹어도 되겠느냐 여쭈어라."
　그러자 하인이 이 도령을 보고 코웃음을 치며 말했어요.
　"어디서 온 양반이기에 자신만만하오? 여긴 걸인은 출입금
지이니 그런 말은 하지도 마시오."
　그 모습을 본 운봉이 변 사또에게 말했어요.
　"저 걸인의 모습은 형편없지만 양반집 자제인 듯하니, 저 끝
에 앉히고 술이나 먹여 보냄이 어떠하십니까?"
　"좋소, 그렇게 하시오."

변 사또의 허락이 떨어지자 이 도령은 자리에 단정히 앉아 상을 받았어요. 그런데 다른 상에는 고기와 맛있는 음식들이 가득했지만 이 도령 앞에 놓인 상은 낡은 개다리소반에 나무 젓가락, 콩나물, 깍두기, 막걸리 한 사발만 놓여 있을 뿐이었어요. 걸인이라고 푸대접을 하는 생일잔치에 이 도령은 입맛이 뚝 떨어졌어요.

그때, 운봉이 시를 짓자고 제안했어요.

"이런 잔치에 시를 한 수씩 지어 보면 어떻습니까? 높을 고(高) 자, 기름 고(膏) 자, 이렇게 두 글자를 이용하여 지어 보지요."

그러자 이 도령이 나서서 말했어요.

"모처럼 저를 잔치에 초대해 주어 실컷 먹고 가니 그 답례로 저도 시를 한 편 지어 올리겠소."

이 도령은 붓을 들고 종이에 시를 쓰기 시작했어요.

금동이의 향기로운 술은 만백성의 피요.
옥소반의 기름진 안주는 만백성의 기름이라
촛불 눈물 떨어질 때 백성 눈물 떨어지고
노래 소리 높은 곳에 원망 소리 높았더라.

이 도령은 변 사또가 마을을 다스리는 모습을 비꼬아 지은 시를 큰 소리로 읊었어요. 하지만 변 사또와 다른 수령들은 그 뜻을 몰라 그저 박수만 치며 좋아했고 운봉만 이 글을 보며 속으로 큰일 났다는 생각에 안절부절 못했어요.

'아뿔싸, 일이 났다.'

이 도령이 시를 읊고 자리에 앉자 운봉은 급히 이 도령 몰래 군사들을 부르기 시작했어요. 한참 정신없는 와중에 눈치 없는 변 사또가 술에 취해 운봉에게 명령했어요.

"춘향을 어서 들라 하거라."

이때, 이 도령이 손짓을 하자 사방에서 이 도령의 역졸들이 소리를 지르며 몰려 들어왔어요. 이 도령은 자리에서 일어나 허리춤에 숨겨 두었던 달 같은 마패를 햇빛같이 번쩍 들어 외쳤어요.

"암행어사 출두야!"

그 소리에 강산이 무너지고 하늘과 땅이 뒤집어질 듯 했고 풀과 나무, 짐승들까지 떠는 듯 했어요.

남문에서,

"출두야!"

북문에서,

"출두야!"

동·서문에서도 암행어사 출두 소리에 하늘이 진동했어요.

암행어사의 등장에 수령들이 정신없이 도망쳤어요. 그 도망치는 모습이 아주 가관이었어요. 도장을 넣어 두는 상자 대신 쌀 과자를 들고, 군사를 출동시키는 나무표 대신 송편을 들고, 탕건 대신 술을 거를 때 쓰는 통을 쓰고, 갓을 잃어버리고 소반을 썼어요. 변 사또는 생쥐 눈 뜨듯 하고 안채로 들어가 말했어요.

"어 추워라. 문 들어온다, 바람 닫아라. 물 마른다, 목 들여라."

부하들은 도망가고 결국 변 사또는 암행어사의 역졸들에게 붙잡혔어요.

"애고, 나 죽네!"

변 사또는 죽는 소리를 내며 이 도령 앞에 무릎을 꿇었어요. 깨끗한 옷으로 갈아입은 이 도령은 벌벌 떨고 있는 변 사또를 향해 명령했어요.

"변학도는 봉고파직●하라."

이 도령은 변학도가 봉고파직되었다는 소식을 마을 방방곡곡에 알리고 감옥에 갇혀 있는 자들을 모두 불러내었어요. 죄인들에게 하나하나 죄를 물은 후에 죄가 없는 자들을 다시 풀어 주었어요. 그리고 마침내 춘향의 차례가 되었어요. 이 도령은 짐짓 모르는 척 부하에게 물었어요.

"저 계집은 무슨 일로 잡혀 들어온 것이냐?"

"기생 월매의 딸이온데 변 사또의 말을 듣지 않아 감옥에 간

●
봉고파직 … 못된 짓을 많이 한 고을의 벼슬아치에게 벼슬을 빼앗고 관가의 창고를 봉하여 잠그는 일

혀 있습니다."

"무슨 죄로?"

"사또의 수청을 들라고 불렀더니 절개를 지켜야 한다며 수청을 들지 않고 사또에게 순종하지 않았다고 합니다."

이 도령은 빙긋 웃으며 말했어요.

"네가 수절한다고 사또 명을 거역한 죄를 지었는데 살기를 바라느냐? 죽어 마땅하나 내 수청을 들면 살려 주마."

이 도령의 말을 듣고 춘향이 기가 막혀 대답했어요.

"내려오는 벼슬아치들마다 하나하나 명관이로구나. 어사께서는 들으시지요. 바위가 바람 분다고 무너지겠으며, 푸른 소나무가 눈이 온들 변하겠습니까? 그런 말씀 마옵시고 어서 죽여 주시오. 향단아, 서방님이 어디 계신가 찾아 보거라. 어젯밤에 옥 문간에 와 계실 때 말씀드렸거늘 어디를 가셨는지 모르겠구나. 서방님께선 내가 죽는 줄 모르시는 것이냐?"

그러자 이 도령이 춘향을 향해 말했어요.

"춘향아, 얼굴 들어 나를 보거라."

춘향이 고개 들어 어사또가 있는 곳을 올려다보니 그곳에 걸인으로 왔던 서방님, 이 도령이 어사또로 앉아 있었어요. 그 모습에 춘향은 반은 웃고 반은 울면서 이 도령을 불렀어요.

"서방님!"

"춘향아, 정말 고생이 많았구나."

두 사람이 서로 부둥켜안고 기쁨의 눈물을 흘릴 때 춘향 어머니가 이 모습을 보고 좋아 덩실덩실 춤을 추며 노래를 불렀어요.

"얼씨구나 좋을씨고. 어사 낭군 좋을씨고. 남원 마을에 가을이 들어 꼼짝없이 죽게 되었더니, 봄바람이 불어 우릴 살렸구나. 꿈이냐, 생시냐. 꿈을 깰까 두렵구나."

이렇게 춘향의 높은 절개는 길이길이 사람들 입에 오르내리며 칭찬받았어요.

어사가 된 이 도령은 춘향 모녀와 향단이를 데리고 한양으로 떠났어요. 이 도령과 백년가약을 맺은 춘향은 남원을 떠날 때, 사랑하는 이 도령과 함께 할 수 있어 기뻤지만 한편으로는 고향을 떠난다는 생각에 슬프기도 했어요.

이 도령은 임금이 내린 임무를 무사히 마치고 한양으로 돌아왔어요. 임금은 암행어사로서 일을 훌륭히 해낸 것을 크게 칭찬하고 이 도령에게 높은 벼슬을 준 뒤, 춘향을 정렬부인에 봉했어요. 그 뒤로 이 도령은 이판, 호판, 좌웅 영상 등 높은 벼슬을 다 지내고 정렬부인과 함께 백 년 동안 함께 행복하게 지냈어요. 정렬부인은 삼남 이녀를 두었고 자식들이 전부 총명하여 그 아버지인 이 도령보다 훌륭하게 자라 나라에서 가장 높은 벼슬을 지내며 자자손손 행복하게 지냈어요.

토끼전

작자 미상

어느 날, 동해를 다스리는 용왕이 병을 앓게 되었어요. 어떤 약을 써 봐도 도무지 낫질 않아 용왕이 거의 죽을 지경에 이르렀어요.

하루는 용왕이 신하들을 불러 모아 말했어요.

"이 많은 신하 가운데 과인의 병을 낫게 할 방법을 아는 자가 없는가?"

그러자 신하인 잉어가 입을 열었어요.

"월, 당, 초나라에 사는 세 호걸에게 물으면 좋은 답을 얻을 수 있을 것입니다."

용왕은 그 말을 듣고 사신을 시켜 세 호걸을 불러들였어요. 세 호걸은 사신을 따라 용궁에 도착해 용왕을 보고 말했어요.

"용왕께서 술을 너무 좋아하셔서 이 지경에 이르신 겁니다. 아무리 생각해도 용왕님의 병이 낫기는 힘들 것 같습니다."

이 말을 듣고 용왕이 크게 놀라 말했어요.

"그러면 어찌하면 좋단 말인가? 부디 선생들의 신통한 재주를 다하여 어떤 방법이든 가르쳐 주시오."

용왕이 눈물을 뚝뚝 흘리자 세 호걸이 웃으며 대답했어요.

"용왕님의 병을 낫게 할 방법이 딱 한 가지 있습니다. 그것은 바로 육지에 사는 토끼의 생간입니다. 토끼의 간을 따뜻할 때 잡수시면 병이 나으실 겁니다."

그 말을 마치고 세 호걸은 사라져 버렸어요.

병이 나을 수 있는 방법을 찾은 용왕은 즉시 신하들을 모아 물었어요.

"과인의 병에는 오직 토끼의 생간만 효과가 있다고 하니, 누구 인간 세상에 나가 토끼를 사로잡아 올 이 없소?"

그러자 한 대장이 대답했어요.

"제가 비록 재주는 없사오나 한번 인간 세상에 나아가 토끼를 사로잡아 오겠습니다."

그 말에 모두 그 대장을 쳐다보니 다리가 여덟 갈래로 갈라

손바닥 뒤집기, 여반장

여반장이란 '손바닥 뒤집는 것처럼 쉽다'라는 말이에요. 비슷한 뜻을 가진 우리 속담으로는 '누워서 떡 먹기', '식은 죽 먹기'가 있어요. 여반장은 이여반장이라는 말을 줄여서 쓰는 말이에요. 어느 날 맹자의 제자인 공손추가 맹자에게 물었어요. "만일 스승님께서 제나라의 재상이 되신다면 관중이나 안영과 같이 뛰어난 공을 세울 수 있으시겠습니까?" 그러자 맹자는 자신이 관중이나 안영과 비교되는 것을 불쾌하게 여기며 대답했어요. "제나라에서 왕 노릇을 하는 일은 손바닥을 뒤집는 것과 같이 쉬운 일이다." 맹자의 이 말에서 유래한 것이 바로 여반장이에요.

진 수천 년 된 문어였어요. 왕이 크게 기뻐하며 문어를 장군으로 임명하려 할 때 한 장수가 말했어요.

"문어야, 네 아무리 튼튼하고 힘이 세다고 하지만 말솜씨도 부족한데 무슨 공을 이루겠다고 하느냐? 또한 육지 사람들이 너를 보면 영락없이 잡아다가 요리조리 오려 내어 국화 송이, 매화 송이 형형색색● 장식해서, 혼인 잔치며 환갑잔치의 큰상에 올릴 텐데 그것이 두렵지 않단 말이냐? 꾀 많은 토끼를 사로잡아 오는 건 나에겐 손바닥 뒤집듯 쉬운 일이니 내게 맡겨라."

이렇게 말한 이는 별주부라 불리는 자라였어요.

자라의 말을 들고 문어는 화가 나서 두 눈을 부릅뜨고 소리를 질러 꾸짖었어요.

"이놈 별주부야, 너는 범 무서운 줄 모르는 하룻강아지로다. 육지 사람들이 너를 보면 두 손으로 잡아다가 끓는 물에 끓여서 자라탕을 만들 것이다. 그러니 네가 무슨 수로 살아 돌아오겠느냐?"

"너는 우물 안 개구리로구나. 하나만 알고 둘은 모르고 있도다. 아무리 문어 네가 힘이 세고 용맹스럽다 해도 내 지혜는 못 당할 것이다. 나의 재주 한번 들어 보거라. 내가 육지로 올라가 팔다리를 모으고 긴 목을 움츠리면 영락없이 솥뚜껑으로 보인다. 육지 사람들은 등껍질만 보이는 내가 무엇인 줄 몰라볼 것이니 남몰래 육지에 올라가 안전하게 토끼를 잡아올 수 있는 이는 나뿐이지 않겠는가?"

문어는 이 말을 듣고 자라의 말이 옳다고 생각해 할 수 없이 뒤통수를 긁으며 물러났어요. 그러자 용왕이 자라의 손을 잡고 술을 권하며 말했어요.

"그대가 그렇게 말해 주니 참으로 든든하다. 별주부 그대가 충성을 다하여 토끼를 데리고 무사히 돌아오면 내가 큰 벼슬을 내리겠노라."

용왕의 말에 자라가 공손히 고개를 숙이고 말했어요.

"저 별주부는 지금껏 용궁에 살아 토끼의 얼굴을 본 적이 없어 그 모습을 알지 못하옵나이다. 화공을 불러 토끼의 얼굴을 그려 주옵소서."

용왕은 자라를 위해 화공을 불러 토끼의 모습을 그리도록 했어요. 용왕은 쫑긋한 귀와 짤막한 앞다리, 길쭉한 뒷다리를 그린 토끼의 그림을 자라에게 주었어요. 자라는 토끼 그림을 받아 육지로 올라가기 전 집에 들렀어요. 자라가 아내와 자식들에게 사정을 이야기하자 아내가 눈물지으며 말했어요.

형형색색 … 형상과 빛깔 따위가 서로 다른 여러 가지 색깔

"인간 세상은 위험한 땅이니 부디 조심하여 큰 공을 세워 무사히 돌아오길 빌겠습니다."

"걱정 마시오. 내가 다녀올 동안 늙으신 부모님과 어린 자식들을 부탁하오."

이 말을 마친 뒤 자라는 바닷속을 헤엄쳐 육지로 올라갔어요. 육지는 꽃이 피는 삼월이었어요. 새싹이 나고 꽃들은 향기를 피웠으며 벌과 나비가 이리저리 날아들었어요. 하늘하늘한 버들가지는 시냇가에 늘어지고, 황금 같은 꾀꼬리는 고운 소리로 친구를 부르는 듯하니 인간 세계가 아닌 것처럼 아름다웠어요.

자라는 산과 강의 아름다운 경치에 정신이 팔려 있다가 이내 정신을 차리고 육지로 엉금엉금 올라가며 토끼를 찾아다녔어요. 발발 떠는 다람쥐며, 노루, 이리, 곰, 너구리, 고슴도치, 원숭이, 여우 등 차례로 지나갔지만 토끼는 보이지 않았어요. 자라는 목을 길게 늘여 이리저리 살폈어요. 그때 어디선가 본 듯한 짐승이 자라 앞에 나타났어요. 바로 용궁의 화공이 그려 주었던 토끼였어요. 토끼는 풀잎을 뜯어보기도 하고 이리저리 강동강동 뛰어놀고 있었어요. 자라는 토끼를 발견하고 너무나도 기뻤지만 마음을 가라앉히고 점잖게 토끼를 불렀어요.

"이보시오, 혹시 토 선생 아니십니까?"

자라가 공손하게 부르자 신이 나게 뛰어다니던 토끼가 이내 점잖은 체 하며 대답했어요.

"당신은 누구신데 나를 찾았소?"

"토 선생의 명성은 소문이 자자해서 평생 한 번 보기를 소망했습니다. 그런데 오늘 이렇게 토 선생을 만나 뵙게 되니 영광이 아니겠습니까?"

"내가 세상을 두루두루 다녀 봤지만 자네같이 못생긴 얼굴은 처음 보네. 다리는 어쩌면 그렇게 짧은가? 양반 보고 욕하다가 상투라도 잡혀 목이 그렇게 늘어났는가? 술에 취해 다니다가 불량배한테 맞았는가? 등이 왜 그리 넓적한가? 꼭 나무접시 같구려. 그보다 성함이 어떻게 되오? 방금 내가 한 말은 농담이니 화내지 말고 듣게."

자라는 토끼의 말을 듣고 기분이 불쾌했지만 꾹 참고 대답했어요.

"내 성은 별이고 호는 주부입니다. 등이 넓은 까닭은 물에 떠다녀도 가라앉지 않게 하기 위해서고 발이 짧은 것은 육지에서 걸어도 넘어지지 않기 위해서입니다. 목이 긴 것은 먼 데를 살펴보기 위해서입니다. 저는 물에 사는 동물 중 최고로 꼽히지요."

"어허, 내가 세상을 오래 살며 온갖 일을 다 겪었는데 그대같은 이는 처음 보는구려."

"토 선생은 나이가 어찌 되십니까?"

"내 나이를 세자면 끝이 없을 걸세. 젊은 시절에 달의 계수나무 밑에서 방아를 찧다가 유궁 후예●의 부인이 불로초●를 얻으러 왔기에 내가 얻어 주고 삼천갑자 동방삭●이 나를 형님으로 모셨다오. 이러니 내가 그대보다 어른이지 않겠는가?"

그러자 자라가 대답했어요.

"내가 겪었던 일들을 이야기하자면 세상 사람들이 불을 처음 사용했을 때까지 올라가야 하니 내가 토 선생보다 더 어른일 것입니다. 허나 우리 이런 이야기는 그만두고 재미있는 이야기를 해 봅시다."

"내가 재미있는 이야기를 하면 그대가 너무 웃겨 오줌을 줄줄 쌀 것이니 그대의 둥글넓적한 몸이 오줌에 빠져서 허우적댈지도 모르오."

"자랑은 그만하시고 말씀하시지요."

그러자 토끼가 목청을 돋우어 말했어요.

"이 인간 세상의 아름다움을 말하자면 산봉우리는 칼날같이 하늘에 꽂혀 있고 뒤에는 산, 앞에는 강이 있소이다. 바위를 집 삼고 떨어지는 꽃을 이불 삼아 한가롭게 누우니 수풀 사이에 맑은 달이 친구 같고 소나무에 스치는 바람 소리가 은은한 거문고 소리 같다오. 나는 한가하게 누워 걱정 없이 풍경을 즐기니 이곳의 신선이 따로 있겠소? 배꽃, 복숭아꽃 활짝 피고 푸른 버들이 드리우면 동서남북으로 미인들이 시냇가에 늘어

●

유궁 후예 ⋯ 중국 하나라 때의 임금으로 활을 잘 쏘았다고 하며 신선 세계에 올라가 불사약과 불로초를 구했다는 인물

불로초 ⋯ 먹으면 늙지 않는다고 하는 풀

삼천갑자 동방삭 ⋯ 중국 한나라 무제 때의 사람으로 신선의 복숭아를 훔쳐 먹어 죽지 않고 오래 살았다는 인물

앉아 한가로이 빨래하고, 오월이면 단오일에 푸른 나뭇잎 우거진 곳에서 어여쁜 여인들이 그네를 탄다오. 이 아름다운 풍경을 구경할 수 있으니 얼마나 좋은가?"

토끼가 자랑을 끝내자 자라가 웃으며 대답했어요.

"허허, 그렇습니까? 우리 물속 세상 이야기도 들어 보십시오. 오색구름 깊은 곳에 진주와 조개로 지은 궁이 높이 솟았는데 백옥으로 층계를 만들고 산호로 기둥 세우고 황금으로 기와를 만들었으니 그 빛이 아주 화려합니다. 날마다 잔치가 열리고 미녀들이 춤을 추며 포도주를 금조개 껍데기로 만든 술잔에 담아 마시니 흥이 절로 납니다. 고기 잡는 어부들도 뱃노래를 부르고 금으로 된 연못과 옥으로 만든 섬에 있는 계집아이들도 노래하니 흥에 겨운 곳은 용궁뿐입니다."

그러자 토끼가 말했어요.

"그대는 이곳까지 와서 물속 세상에서 호강하며 지낸다는 말만 늘어놓는 구려. 육지에 사는 나를 무시하려고 그러는 것이오?"

"토 선생, 절대 그런 것이 아니라 좋은 곳을 알려 주려고 했을 뿐입니다. 어찌하여 토 선생 같은 분이 어지럽고 소란한 육지에서 살고 있는 것입니까? 나를 따라 물속 세상에 들어가면 좋은 벼슬에 올라 맛있는 음식을 먹으며 편하게 살 수 있을 것입니다."

아란 존자 … 석가모니의
십대 제자 중의 한 사람

관상 … 얼굴을 보고 그
의 운명, 성격, 수명 따위
를 판단하는 일

하지만 토끼는 자라의 말을 듣고 고개를
설레설레 저으며 대답했어요.

"어허, 나는 싫소. 그대의 말은 듣기 좋으
나 불안하오. 육지에 살던 내가 호강에 눈이
멀어 괜히 용궁에 따라갔다가 물에 빠져 죽
을 텐데 어찌 쉽게 육지를 버리겠소?"

"토 선생은 하나는 알고 둘은 모르는 것 같
습니다. 어찌 대장부로 태어나 그리 소심합
니까? 이태백은 달을 건지러 고래를 타고 물
속으로 들어갔고 삼장 법사는 신선이 살았다
는 전설의 강 삼천리를 건너가서 대장경을
내어 오고 아란 존자●는 거북을 타고 바다
를 헤엄쳐 갔으니 목숨은 하늘에 달려 있는
것 아니겠습니까? 내가 그대의 능력을 높이
사, 용궁으로 초대하려 하는 거지, 토 선생을
몹쓸 곳에 데려가려 하겠습니까?"

"나는 산속 깊은 곳에 살아 친구가 얼마 없어 육지를 떠나도
상관없지만, 내 관상●이 육지를 떠나도 될 상이오?"

토끼의 물음을 듣고 자라는 '옳거니, 토끼가 이제 거의 넘어
왔구나' 하면서 속으로 기뻐하며 말했어요.

"내 토 선생의 얼굴을 보아하니 물과 궁합이 잘 맞아 조금도

걱정할 것이 없고 목이 기니 고향을 떠나 고향을 먼 곳에서 바라보고 살 운명입니다. 또한 턱이 뾰족하니 땅보다 낮은 곳, 그러니 물속으로 가면 모든 것이 잘될 것이고 귀 뒤가 희고 잘생겼으니 남의 말을 들으면 부귀영화를 누릴 것입니다. 또 토 선생은 팔팔 뛰는 버릇이 있으니 고향에서만 지내서는 결코 모든 복을 누리지 못하고 재앙만 닥칠 것이니 고향을 떠나야만 일이 잘 풀릴 것입니다."

"내 모습도 훌륭하지만 그대가 관상을 보는 법도 훌륭하군. 하지만 내가 물속에 들어가도 출세할 수 있겠소?"

자라는 이 말을 듣고 '요놈, 이제 내 계략에 완전히 걸려들었구나' 생각하고 대답했어요.

"지금 용궁에서 인재를 구하고 있는데 토 선생에게 딱 맞는 자리입니다. 내 토 선생과 함께 용궁에 가면 우리 대왕께 토 선생을 추천하겠습니다."

이 말을 듣고 토끼가 대답했어요.

"허나 어젯밤에 내가 꾼 꿈이 불길해서 마음이 꺼림칙하오."

"내가 젊었을 때 해몽하는 법을 배웠으니 한번 말씀해 보십

서유기의 삼장 법사

불교에서는 그 성전인 경장, 율장, 논장에 모두 정통한 사람을 가리켜 '삼장 법사'라고 해요. 가장 유명한 삼장 법사로는 손오공, 저팔계, 사오정을 데리고 천축을 여행했던 '현장'을 꼽을 수 있어요. 그는 당나라의 고승으로 인도의 나란다 사원에서 불교를 연구한 후, 고향으로 돌아와 『대당서역기』를 저술하였는데 이것이 명나라 때 『서유기』란 제목의 소설로 각색되면서 삼장 법사의 대표적인 인물로 알려진 것이에요. 한편, 삼장 법사라는 명칭은 인도와 서역에서 불교의 경전을 가져와 한자로 번역한 사람들에게도 공통으로 쓰이는데 어려운 일을 해낸 사람에게 부여되는 만큼 대단한 존경의 의미를 담고 있어요.

시오."

"꿈에서 누군가 칼을 빼어 내 배를 갈라 내가 온통 피로 뒤덮였으니 좋지 못한 일을 당할까 염려스럽소."

자라는 속으로 뜨끔했지만 아무렇지 않은 척 대답했어요.

"토 선생, 좋은 꿈을 가지고 괜히 걱정을 하고 있습니다. 칼은 금이나 다름없습니다. 그 칼이 배에 닿았으니 금띠를 맬 것이고 온몸에 피 칠을 했으니 붉은 관복을 입을 것입니다. 토 선생의 꿈은 좋은 꿈 중에서도 최고로 좋은 꿈입니다."

토끼가 자라의 해몽을 듣고 기쁜 얼굴로 대답했어요.

"그대의 해몽하는 법은 귀신처럼 대단하오. 허나 이 거친 파도를 어찌 헤치고 들어갈 수 있겠소?"

"조금도 걱정하지 마십시오. 내 등에만 오르면 어떤 비바람이 몰아쳐도 순식간에 용궁에 도착할 것입니다."

"그대가 나를 위해 여기까지 오는 수고를 아끼지 않았는데 다시 그대의 등에 오르기가 미안하구려."

토끼는 짐짓 미안하다는 듯한 표정을 짓더니 자라의 등에 앉았어요. 토끼의 눈앞에 고요하고 끝이 보이지 않는 바다가 보였어요. 토끼는 의기양양하게 넓은 바다를 바라보며 생각했어요.

'내가 드디어 나를 인정해 주는 이를 만났구나. 자라와 함께 용궁으로 들어가 육지에서 힘들었던 일일랑 전부 잊고 물속에

서 부귀영화를 누릴 터이니 즐겁도다.'

토끼를 속인 자라는 속으로 크게 기뻐하며 토끼의 마음이 바뀔까 싶어 쏜살같이 용궁에 도착했어요. 그리고 용궁 입구에 토끼를 내려놓고 말했어요.

"토 선생은 여기서 잠깐 기다리시오. 내가 궁에 들어가 우리 대왕께 토 선생과 같이 왔음을 알리고 오겠소."

자라가 용궁으로 들어가 용왕에게 말하니 용왕은 크게 기뻐하며 신하들을 시켜 어서 토끼를 잡아들이라고 했어요. 신하들은 급히 나가 용궁 밖에서 아무것도 모르고 기다리던 토끼를 잡아 묶어 용왕 앞으로 끌고 왔어요. 토끼가 겨우 정신을 차려 엄숙하게 앉아 있는 용왕을 쳐다보자 용왕이 말했어요.

"나는 용궁의 임금이고 너는 산중의 조그마한 짐승이다. 내가 우연히 병을 얻었는데 네 간이 약이 된다고 해서 특별히 별주부를 보내 너를 데려 왔노라. 나를 위해 죽는 것이니 너는 네 죽음을 슬퍼하지 말거라. 너 죽은 후에는 너의 몸을 비단으로 싸고 백옥으로 관을 만들어 좋은 땅에 장사 지내 주마. 그러니 너는 죽어서 나를 원망하지 말거라."

토끼가 이 말을 듣자 날벼락이라도 맞은 듯 정신이 아득해지는 것 같았어요. 토끼는 깊이 후회하며 생각했어요.

'내가 부질없이 부귀영화를 탐내 고향을 버리고 와서 이런 벌을 받는구나. 내게 날개가 있다 한들, 도술이 있다 한들 어찌 이 위기를 벗어날 수 있을까. 하지만 옛말에 죽을 데에 빠진 후에 살 방법을 찾을 수 있다고 했으니 지금이라도 살아날 방법을 찾아야겠다.'

토끼는 잠시 머리를 굴리더니 꾀를 내어 얼굴빛을 조금도 바꾸지 않고 용왕에게 말했어요.

"소인이 비록 죽을지라도 한 말씀 올리겠습니다. 대왕께서 소인의 간으로 병이 나으신다면 무엇인들 못 드리겠습니까? 심지어 대왕께서 제가 죽은 후 곱게 장사까지 치러 주신다니 그 은혜가 하늘과 같습니다. 하지만 한 가지 애달픈 사실이 있사옵니다. 소인, 비록 짐승이지만 다른 짐승과 달라 날마다 아침이면 옥 같은 이슬을 받아 마시며 밤낮으로 고운 풀과 꽃을 뜯어 먹기 때문에 그 간이 신성한 약이 되옵나이다. 이렇기 때문에 세상 사람이 모두 제 간이 좋은 약임을 알고 매번 저를 만나기만 하면 간을 달라고 보채기에 그 괴로움을 참지 못해 심장과 함께 꺼내어 맑은 물에 여러 번 씻어 깊은 산속에 두고 다니옵니다. 그러던 중 우연히 자라를 만나 왔사오니, 애달프지 않겠습니까? 만일 대왕의 병이 이러한 줄 알았으면 어찌 가져오지 않았겠습니까?"

말을 마친 토끼는 자라를 보고 목소리를 높였어요.

"네 어찌 대왕께서 병이 있으시다는 말을 하지 않았느냐?"

이 말을 듣고 용왕이 크게 화를 내며 토끼를 꾸짖었어요.

"토끼 네 이놈, 간사한 놈이로구나. 하늘 아래 어떤 짐승이 간을 들였다 뺐다 할 수 있단 말이냐? 네가 얕은꾀를 부려 나를 속이려 하지만 내가 그 말에 속을 줄 알았더냐? 너는 나를 속이려 한 죄가 더욱 크다. 어서 네 간을 꺼내 내 병을 고치겠다."

토끼가 이 말을 듣고 가슴이 막혀 이제 꼼짝없이 죽겠구나 하다가 애써 덤덤한 척 다시 웃으며 말했어요.

"대왕은 소인의 말을 다시 잘 들으시고 생각해 보시옵소서. 만약 제 배를 갈라 간이 없사오면 대왕의 병도 고치지 못하고 저만 부질없이 죽을 따름이니 다시 어디서 간을 구하려 하십니까? 제 배를 가른 뒤에는 후회하실 테니, 부디 대왕께서 다시 생각하옵소서."

토끼가 태연하게 말하자 그 모습을 보고 용왕이 의아하게 생각하여 물었어요.

"네 말이 사실이라면 간을 넣고 뺄 수 있는 곳이 어디란 말이냐?"

토끼는 이 말을 듣고 이제 살아 돌아갈 수 있겠구나, 싶어 말했어요.

"세상의 모든 짐승 가운데 소인은 아래쪽에 구멍이 셋이 있습니다. 하나는 대변을 내보내옵고 하나는 소변을 내보내옵고 하나는 특별히 간이 출입하는 곳입니다."

왕이 그 말을 듣고 더욱 노하여 꾸짖었어요.

"네 말 간사하구나. 어찌 아래쪽에 구멍이 셋이 되는 짐승이 있단 말이냐?"

"대왕께서 제 말을 믿어 주시지 아니하니 직접 확인해 보시옵소서."

용왕이 신하를 시켜 자세히 보라 하니 과연 구멍이 세 개가 있었어요. 용왕은 아직 의심스럽다는 눈빛으로 물었어요.

"네 간을 넣었다 뺐다 할 수 있다고 하니 혹시라도 네 배 속에 간이 있는 걸 깜빡 잊은 것은 아니냐?"

"소인이 간을 넣고 빼는 것이 가능하지만 항상 가능한 것이 아닙니다. 매달 첫날부터 십오 일까지는 배 속에 넣어 두고 십육 일부터 삼십 일까지는 끄집어내어 깨끗이 씻은 뒤 바위틈에 아무도 몰래 감추어 둡니다. 자라를 만났을 때가 오월 하순이니 만약 자라가 사정을 설명했다면 조금 늦게 용궁에 오더라도 제 간을 가져왔을 텐데 이것은 다 자라 탓이옵니다."

토끼의 말을 듣고 용왕은 속으로 생각했어요.

'만일 토끼의 말이 사실이어서 괜히 배만 갈라 간이 없으면 내 병을 고치지 못할 것이니, 차라리 토끼를 달래서 간을 가져오게 하는 것이 낫겠구나.'

용왕은 신하들에게 명령하여 토끼를 풀어 주고 말했어요.

"오늘 이렇게 그대를 만나게 된 것도 인연이니 그대가 나를

위해 간을 가져오면 어찌 그대의 두터운 은혜를 저버리겠는
가? 그대가 간을 가져오면 함께 부귀영화를 누릴 테니 부디 잘
생각해 주게."

토끼가 웃음을 참으며 대답했어요.

"대왕은 너무 걱정하지 마옵소서. 소인, 대왕의 너그러우신
덕에 조금이나마 그 은혜를 갚고자 합니다. 하물며 저는 간이
없어도 사는 데 관계가 없으니 어찌 간 따위를 아끼겠습니까?"

용왕이 크게 기뻐하며 자라를 불러 말했어요.

"별주부 그대는 다시 토끼와 함께 인간 세상에 나가거라."

자라가 머리를 조아려 용왕의 명령을 받았어요. 그리고 용
왕은 토끼에게 진주 이백 개를 주며 말했어요.

"그대는 빨리 돌아오시오. 이것은 작으나 내 성의 표시이니
그렇게 아시게."

토끼는 자라 등에 올라 다시 험한 물살을 헤치고 바닷가에
이르렀어요. 자라가 토끼를 내려놓자 토끼는 기쁨에 어쩔 줄
을 몰라 생각했어요.

'그물을 벗어난 새요, 함정에서 뛰어나온 것 같구나!'

토끼가 깡충깡충 사방으로 뛰놀자 자라가 말했어요.

"한시라도 빨리 가야 하니 그대는 어서 간을 챙겨 돌아갈 생
각을 하게."

그러자 토끼가 크게 웃으며 말했어요.

화타는 중국 한나라의 전설적인 의사예요. 특히 그는 '마비산'이라는 풀을 사용하여 환자를 마취시킨 뒤, 위장 절제 수술을 성공적으로 끝낸 것으로 유명한데 이것은 동·서양을 통틀어 최초로 행해진 마취였어요. 한편, 그는 외과뿐 아니라 내과, 부인과, 소아과, 침구 등 의료 전반에도 두루 정통하였는데 소설 『삼국지』에 보면 두통을 앓고 있던 조조는 화타를 불러 치료를 받고 크게 만족하여 그를 자신의 전속 의사로 삼고자 했어요. 그러나 한 사람만의 의사가 되고 싶지 않았던 화타는 이를 거절하였고 분노한 조조에 의해 억울한 죽임을 당했어요. 또한, 그는 『청낭서』라는 저서를 남겼다고 하는데 이것 역시 조조에 의해 불에 타 사라졌다고 해요.

"이 미련한 자라야, 어찌 간을 넣었다 뺐다 할 수 있겠느냐? 내 꾀에 용왕도 깜빡 속았구나. 또 너의 용왕의 병이 나와 무슨 관계가 있겠느냐? 네가 산에서 한가로이 지내는 나를 유인하여 네 공을 세우려 하다니. 용궁에서 놀랐던 일을 생각하면 털이 쭈뼛 서는구나. 너에게 분풀이를 해도 모자라지만 네가 나를 업고 육지와 바다를 왔다 갔다 하던 수고를 생각하여 목숨만은 살려 주마. 너는 돌아가서 용왕께 일러라. 모든 짐승에게 다 정해진 명이 있으니 다시는 남의 생명을 빼앗을 생각 따윈 하지 말라 하거라."

그러고는 깊은 숲 속으로 들어가 자취를 감추어 버렸어요. 자라는 토끼가 사라진 곳을 하염없이 바라보고 깊이 탄식하며 말했어요.

"내 충성이 부족하여 토끼에게 속았구나. 우리 대왕님은 장차 어찌하리오."

자라가 슬퍼하며 스스로 목숨을 끊을 생각으로 바윗돌에 머리를 부딪치려 하자 누군가 자라를 불렀어요.

"별주부는 내 말을 들어라."

자라가 놀라 머리를 들어 보니 한 노인이 자라 앞에 나타나 인자하게 웃으며 말했어요.

"네 정성이 지극하여 내가 약을 줄 테니 너는 빨리 돌아가 용왕의 병을 고치거라."

노인은 소매 안에서 약을 내어 주었어요. 자라가 크게 감사 하며 두 번 절하고 받아 보니 빛이 찬란하고 향기가 진동하는 알약이었어요. 자라가 다시 절을 하고 물었어요.

"대왕께서 기뻐하실 겁니다. 선생의 귀하신 성함이 어찌 되시는지요."

"나는 패국 사람 화타로다."

노인이 이렇게 대답하고 훌쩍 가 버렸어요.

흥부전
작자 미상

충청도, 전라도, 경상도를 함께 경계선으로 두고 있는 어느 마을에 연 생원이라는 사람에게 놀부라는 형과 흥부라는 아우, 두 아들이 있었어요. 분명히 한 어머니의 배 속에서 태어났는데 형제는 성격이 아주 달랐어요. 동생인 흥부는 착하고 효심 깊고 우애가 지극했지만, 형인 놀부는 어머니 배 속에 있을 때 뭐가 잘못되었는지, 부모께 불효하고 우애가 없어 마음 씀씀이가 괴상망측했고 다른 사람보다 심술보가 하나 더 달려 있었어요. 술 잘 먹고, 욕 잘하고, 싸움 잘하고, 초상난 데 춤추기, 불난 데 부채질하기, 집 빼앗기, 늙은 영감 멱살 잡기, 우물 밑에 똥 누기, 다 된 밥에 흙 퍼붓기, 호박에 말뚝 박기, 똥 누는 놈 주저앉히기, 목욕하는 데 흙 뿌리기, 눈병 난 놈 고춧가루 뿌리기, 이 앓는 놈 뺨치기, 어린아이 꼬집기, 다 된 흥정 훼방 놓기, 비 오는 날에 장독 열기…… 놀부의 속이 이렇게 뒤틀렸으니 그 흉악한 심보를 어찌할 수 없었어요.

놀부는 부모가 물려준 많은 재산을 혼자 독차지하고 아우 흥부를 구박했지만 흥부는 어진 성품을 지녀서 싫은 내색을 보이지 않았어요. 놀부는 또 부모 제사에 자신은 잘 먹고 좋은 옷만 입으면서 투덜거렸어요.

"이번 제사를 지내느라 양초 값을 닷 푼이나 썼구나."

남에게 돈 쓰는 것에 지독하게 인색한 놀부가 아우 흥부를 데리고 살 리가 없었어요. 흥부네 가족이 집을 나가면 자신들이 먹을 양식이 더 풍족해질 거라 생각한 놀부 부부가 흥부를 불러 말했어요.

"흥부야, 형제라 하는 것은 어렸을 때는 같이 살지만, 가정을 이룬 후에는 서로 떨어져서 살아야 떳떳하지 않겠느냐? 그러니 너는 처자식을 데리고 나가 살아라."

흥부는 당장 갈 곳이 없었지만 형님이 말하니 나가지 않을 수가 없었어요. 흥부는 하는 수 없이 부인과 자식들을 데리고 집을 나왔어요. 한참을 걷다가 외딴 곳에서 작고 낡은 초가집을 발견하여 그곳에서 하룻밤을 지내고 다음날 수숫대를 한 짐 모아다가 엮어서 벽의 구멍을 막고 흙을 바르고, 기울어진

구비 문학과 기록 문학

구비 문학과 기록 문학

구비 문학과 기록 문학은 전달 방식에 따른 문학의 갈래를 말해요. 먼저 구비 문학은 구전 문학이라고도 하는데 입에서 입으로 전해져 온 문학을 말해요. 물론 현재는 구비 문학도 모두 문자로 기록이 되어 있어요. 하지만 처음에는 입에서 입으로 전해져 오다가 나중에 문자로 기록이 된 것이에요. 구비 문학에 속하는 것으로는 신화, 전설, 민담, 민요, 판소리 등을 예로 들 수 있어요. 그와 달리 기록 문학은 처음부터 문자로 기록되어 전해진 문학을 말해요. 기록 문학에는 시, 소설, 희곡, 수필, 평론 등이 있어요.

기둥을 바로잡고, 섬돌도 고쳐 놓았는데, 그래도 집 모양이 말이 아니었어요.

흥부는 생각할수록 기가 막혔어요. 누워서 발을 뻗으면 발목이 벽 밖으로 나가는 데다가, 누우면 천장이 뚫려 있어 별이 보이고, 비가 오면 굵은 빗방울이 방 안에 뚝뚝 떨어졌어요. 이런 중에도 흥부의 자식이 해마다 태어나 어린 자식이 젖 달라, 자란 자식이 밥 달라 하니, 서러워서 눈물이 났어요. 배고프다고 보채는 자식들과 아내가 안쓰러워서 어느 날, 흥부는 놀부의 집을 찾아갔어요.

"놀부 형님, 부탁드립니다. 자식들이 굶어 병들었는데 살릴 방법이 없어서 염치 불구하고 형님 댁에 왔습니다. 부디 동생을 생각해서 무엇이든 주시면 어떤 일이든 하여 갚겠습니다. 부디 형제의 정을 생각해서 밥 한 술만 주세요."

흥부가 이렇게 애걸했지만 놀부는 듣는 척도 안하고 버럭 화를 내며 말했어요.

"너도 참 염치없는 놈이로구나. 당장 돌아가라!"

"형님, 제발 죽는 동생 살려 주십시오."

"듣기 싫다!"

놀부는 목에 핏대를 세우고 흥부에게 달려들어 마치 북을 치듯 몽둥이로 사정없이 쳐 댔어요.

"내 눈앞에 나타나지 마라."

그러고는 놀부는 방 안으로 들어가 버렸어요. 이때 놀부 아내가 마침 부엌에서 밥을 푸고 있었어요. 매를 맞은 곳도 아팠지만 며칠 동안 굶었던 흥부는 밥 냄새를 맡고 부엌에 들어가 놀부 아내에게 부탁했어요.

"아이고 형수님, 밥 한 술만 주시오. 이 동생 좀 살려 주오."

부부는 닮는다더니 놀부 아내도 화를 내며 밥을 푸던 밥주걱으로 흥부의 뺨을 때리며 외쳤어요.

"여기가 어디라고 함부로 들어오나?"

뺨을 맞은 흥부의 눈앞에 불이 화끈하고 정신이 아찔해졌어요. 너무 아파 흥부가 뺨을 만져 보니 뺨에 밥풀이 붙어 있었어요. 흥부가 좋아라 하며 밥풀을 입으로 쓸어 넣으며 말했어요.

"형수님, 뺨을 쳐도 먹여 가며 치시니 정말 고맙소. 수고스럽지만 다른 쪽 뺨도 쳐 주시오. 밥 많이 붙은 주걱으로요. 아이들에게 갖다 주고 싶소."

놀부 아내는 이 말을 듣고 어이가 없어, 하인을 시켜 흥부를 흠씬 두들겨 팬 후, 집 밖으로 쫓아내 버렸어요.

한편, 흥부 아내는 우는 아이 젖 물리고 큰 아이는 달래면서 서너 끼 굶은 자식들과 함께 흥부가 오기만을 기다렸어요. 한

참 후에 흥부가 매를 맞고 비틀비틀 걸어오니 흥부 아내는 멀리서 보고 놀부 집에 가서 술을 얻어먹고 취해서 오시는가 하고 기뻐하며 물었어요.

"여보, 어서 오세요. 형님께 맛있는 음식은 많이 얻어 오셨나요?"

마음씨 착한 흥부는 차마 형에게 맞았단 소리도 못하고 거짓말을 했어요.

"형님에게 돈 열 냥과 쌀, 팥을 얻어 오던 중에 큰 고개에서 도적놈을 만나 다 빼앗겼다오. 정말 미안하오."

하지만 흥부 아내가 놀부의 심보를 모를 리 없었어요. 흥부의 얼굴 자세히 보니 매를 호되게 맞아 얼굴이 부어 있었고, 온몸을 만져 보니 성한 곳이 없었어요.

"여보, 가시더니 어찌 형님께 얻어맞고만 오셨습니까?"

흥부는 슬퍼하는 흥부 아내를 위로하며 말했어요.

"마누라, 슬퍼 마오. 어떻게든 살 방법이 있을 것이오."

흥부와 흥부 아내는 닥치는 대로 열심히 일을 했어요. 하지만 방아 찧기, 술집에서 술 거르기, 초상난 집 제복● 짓기, 그릇 닦기 등 온갖 일을 다 해 봐도 굶기를 밥 먹듯 해서 사는 게 너무 힘들었어요. 결국 흥부는 관가에 가서 곡식을 한 섬 빌려 먹어야겠다고 생각했어요. 흥부는 관가에 가서 이방에게 부탁했어요.

●
제복 … 제사를 지낼 때
입는 예복

"쌀을 좀 빌려 먹자고 왔는데 어떻게 안 되겠습니까?"

"행색을 보아하니 갚을 수도 없어 보이는데……. 차라리 매를 대신 맞아 보는 건 어떻소? 실은 이 마을의 김 부자가 죄를 지어 매를 맞아야 하는데 김 부자가 병이 나서 자기 대신 매 맞을 사람이 없냐고 묻습디다. 자네가 김 부자 대신 매를 맞으면 그 값으로 돈 삼십 냥을 주겠다고 하던데 자네 생각은 어떻소?"

가난한 흥부는 기뻐하며 덥석 허락하고 먼저 다섯 냥을 받아 집으로 돌아와서 아내에게 사실을 말했어요. 이 말을 들은 흥부 아내는 깜짝 놀라 흥부를 잡고 울었어요.

"아니, 여보. 남의 죄를 대신하여 매를 맞으러 간다니 이게 말이나 됩니까."

"마누라, 울지만 말고 내 말 좀 들어 보오."

"듣기 싫어요!"

"이방이 매 때리는 자에게 잘 이야기해서 살살 때려 준다고 하니 이보다 더 좋은 벌이가 또 어디 있겠소. 눈 꾹 감고 볼기 짝 좀 얻어맞으면 삼십 냥이 생길 텐데……."

"여보, 가지 마세요. 제발 내 말대로 가지 마세요. 갔다가 매 맞아 죽게 되면 나는 어찌하란 말입니까."

"알겠소. 안 갈 테니 걱정하지 마시오. 그럼 짚신이나 만들게 저 건넛마을에서 짚 한 단만 얻어 오겠소."

흥부는 거짓말로 아내를 달래고는 몰래 관가로 갔어요. 사

람들은 흥부의 사정을 알고 딱하게 생각했지만 도와줄 방법이 없었어요. 흥부가 매를 맞을 차례를 기다리고 있는데 갑자기 나라에 큰 경사가 있어 나라의 죄인 중 살인죄 외에는 전부 다 풀어 주라는 명령이 내려왔어요. 다행스럽게 흥부는 매를 맞지 않고 돌아올 수 있었지만 매를 맞지 않아 돈을 못 받게 된 흥부는 울상이 되었어요. 흥부가 돌아가려는데 관가 사람이 흥부에게 조그맣게 말했어요.

"이보게, 김 부자 일로 왔다는 거 알고 있네. 허나 자네가 매 한 대 맞지 않고 돌아왔다고 하면 김 부자가 돈을 안 줄 테니, 꼭 매를 맞았다고 말하게."

흥부는 힘없이 집으로 돌아왔어요. 뒤늦게 흥부가 매 맞으러 갔다는 사실을 안 흥부 아내는 집에서 깨끗한 물을 길어 놓고 하늘에 빌고 있었는데 흥부가 무사히 돌아오자 매우 기뻐했어요.

이튿날 아침, 김 부자의 조카가 찾아왔어요.

"자네, 대신 매를 맞아 주느라 고생했네. 나머지 스물다섯 냥 드리리다."

김 부자의 조카가 돈을 내밀었지만 흥부는 거짓말을 할 수 없었어요.

"이 돈은 받을 수가 없습니다. 나라에서 죄인을 풀어 주라는 명이 있어 매를 맞지 않고 돌아왔으니 말입니다. 그러니 약속했던 삼십 냥은 받지 않겠습니다. 미리 받았던 다섯 냥은 꼭 돌려 드리겠습니다."

이 말을 들은 김 부자의 조카는 감동해서 말했어요.

"자네 정말 착한 사람일세. 솔직하게 말해 주어 고맙네. 이 거 얼마 안 되지만 내게 여덟 냥이 있으니 쌀이라도 사다 먹 게. 그리고 그 닷 냥 돈도 갚을 생각 안 해도 괜찮네."

김 부자의 조카는 여덟 냥을 건네주고 돌아갔어요. 흥부는 매 한 대 맞지 않고 공짜로 돈을 얻는 것이 염치없다고 생각했 지만 굶고 있는 자식들을 생각해 고맙게 받기로 했어요. 하지 만 그 돈도 얼마 안 가 떨어지고 말았어요. 그 후로는 이웃집 에 가서 짚단을 얻어다가 짚신을 만들어 장에 가서 팔고 그것 으로 끼니를 이었으나, 그것도 한두 번이지 매번 이웃집에서 짚을 얻어 쓸 수도 없는 노릇이었어요.

점점 커 가는 자식들을 보며 흥부 부부가 눈물로 세월을 보 내는 중, 따뜻한 봄을 맞이하게 됐어요. 삼월 어느 날, 강남에 서 제비가 날아와 흥부네 초가집에 둥지를 틀고 지저귀고 있 었어요. 흥부가 안타까워하며 제비에게 말했어요.

"더 좋은 집을 두고 수숫대로 지은 우리 집에 네 집을 지었 다가 장마로 집이 무너지면 어쩌려고 이곳에 둥지를 틀었느 냐. 아무리 짐승이라지만 내 말 듣고 더 좋은 집 찾아가 튼튼 하게 집을 짓고 새끼 낳아 행복하게 살거라."

하지만 제비는 흥부의 말을 듣지 않고 흥부네 집 처마에 집을 짓고 새끼를 낳았어요. 집이 언제 무너질지 몰라 불안하긴 했지만 흥부 부부와 아이들은 무럭무럭 자라는 제비 가족을 보고 흐뭇해했어요.

그러던 어느 날, 큰 구렁이 한 놈이 별안간 나타나 제비 둥지를 덮쳤어요. 그 바람에 놀란 새끼 제비 한 마리가 둥지에서 뚝 떨어지고 말았어요. 그것을 보고 깜짝 놀란 흥부가 막대기를 들어 구렁이를 내리쳤어요.

"이 못된 구렁이야! 감히 죄 없는 새끼 제비를 잡아먹으려 하다니!"

다행히 구렁이는 도망갔지만 둥지에서 떨어진 제비는 다리가 부러져 피를 흘리며 부들부들 떨고 있었어요. 흥부는 새끼 제비를 두 손으로 조심히 감싸며 안쓰러워했어요.

"얼마나 아플까. 제비야, 걱정 말거라. 내가 도와주마."

흥부는 제비의 부러진 다리를 실로 곱게 매어 정성껏 간호했어요. 하루가 지나고 이틀이 지나고 십여 일이 지나자 제비의 다리가 나아 전처럼 건강하게 날아다닐 수 있었어요. 다리가 다 나은 제비는 흥부에게 감사하다는 듯 처마 끝에서 재잘거리며 울어댔어요.

"나아서 다행이구나. 그래, 제비야. 어서 따뜻한 강남으로 날아가거라."

겨울이 오기 전, 튼튼하게 자란 제비는 흥부에게 인사를 하고 수천 리를 훨훨 날아가서 제비 왕을 찾아갔어요. 그리고 흥부네 집에서 있었던 이야기를 하니 제비 왕이 기뻐하며 박씨 하나를 제비에게 건네주면서 말했어요.

"너는 이 박씨를 가지고 가서 흥부에게 은혜를 갚고 오너라."

이듬해 봄, 제비는 박씨를 입에 물고 다시 흥부네 집으로 찾아갔어요. 제비가 흥부네 초가집 주변에서 너울너울 날아다니자 이 모습을 발견한 흥부의 아내가 반가워서 말했어요.

"여보, 작년에 왔던 제비가 입에 무엇을 물고 와서 날아다니니 어서 나와 보세요."

아내의 말에 흥부가 나오자 그 제비가 흥부의 앞에 입에 물었던 것을 떨어뜨렸어요. 흥부가 얼른 주워 보니 '은혜 갚는 박'이라고 써진 박씨였어요.

흥부가 기뻐하며 아이들과 함께 집 마당에 박씨를 심자 이틀 만에 싹이 나오고 다시 오 일 만에 자라서 줄기마다 꽃이 피더니 커다란 박이 열렸어요.

지붕 위에 커다랗게 열린 박을 보고 흥부는 기뻐하며 말했어요.

"큰 것은 항아리 같고 작은 것은 물동이 같으니 기쁘구려. 마누라, 어서 박 한 통을 타서 속은 지져 먹고 바가지는 팔아

다가 맛있는 것 먹어 봅시다."

그러자 아내가 대답했어요.

"하루라도 더 두었다가 박이 더 커지거든 따는 건 어떠세요?"

그렇게 해서 추석 때 박을 타기로 했지만 어린 자식들이 입을 모아 졸라댔어요. 결국 박속이라도 지져 먹자는 생각에 박을 하나 따 왔어요. 홍부는 커다란 박에 선을 긋고는 아내와 마주 앉아 톱을 켰어요. 홍부와 아내가 밀거니 당기거니 하며 슬근슬근 톱질을 하자 얼마 후 박이 툭 열렸어요.

박이 열리자 갑자기 오색 빛깔이 눈부시게 빛나며 푸른 옷을 입은 동자가 나타나는 것이었어요. 그 동자는 왼손에 병을 들고 오른손에는 쟁반을 들고 있었어요. 동자가 홍부를 보며 말했어요.

"이것은 값으로 치면 억만 냥이 넘으니 팔아서 쓰시옵소서."

그러고는 홀연히 사라져 버렸어요. 홍부 부부는 동자가 놓고 간 병과 쟁반을 만지며 기뻐했어요.

"세상 사람들이 아무리 재물이 많다고 해도 이런 보물은 없을 거예요."

"그럼 저 박에는 또 무엇이 나오나 켜 봅시다."

홍부 부부가 슬근슬근 톱질하니 그 속에서 온갖 살림이 다 나왔어요. 조개껍질이 장식된 함, 장롱, 구름같이 고운 비단이며, 화려한 문방구며, 여러 종류의 서책이며, 따뜻한 가죽에 온갖 물건들이 더럭더럭 나오자 흥부 부부는 이리 뛰고 저리 뛰며 어쩔 줄을 몰라 했어요. 흥부 부부가 또 한 통을 타 보자 이번에는 황금, 백금, 산호, 진주 등이 가득한 금궤가 나왔어요. 금궤 안에 보석이 어찌나 가득 들어 있던지 엿새 동안 쏟아 내어 겨우 다 꺼낼 수 있었어요. 흥부는 이미 마을에서 제일가는 부자가 되어 있었어요. 재물이 너무 많은 탓에 집이 좁아서 둘 곳이 없었어요. 흥부가 박을 하나 따 오며 말했어요.

"마누라, 우리 이 박만 타고 집을 지어 봅세."

흥부 부부가 박을 타자 이번에는 목수들과 온갖 곡식이 쏟아져 나왔어요. 박에서 나온 목수들은 기름지고 좋은 땅을 찾아 그곳에 집을 짓기 시작했어요. 목수들이 집을 짓는 사이 박에서는 하인들이 나와 그동안 박에서 나온 온갖 재물들을 여기 쌓고 저기 쌓고 야단법석이니 흥부 부부는 흥에 겨워 춤을 췄어요.

"마누라, 그럼 어서 덤불 밑에 있는 박 한 통을 마저 켜 봅시다."

흥부 부부가 마지막 남은 박 한 통을 타 보니 이번에는 박 속에서 연꽃같이 아름다운 한 미인이 나와 흥부한테 큰절을 했어요. 흥부는 깜짝 놀라 물었어요.

"아니, 당신은 누구신데 저에게 큰절까지 올리는 겁니까?"

"저는 월궁의 선녀이옵나이다. 제비 왕이 절더러 그대의 두 번째 부인이 되라 하시기에 왔나이다."

"나는 괜찮소. 이미 조강지처가 있는데 어찌 두 번째 부인을 들일 수 있단 말이오."

흥부가 펄쩍 뛰며 거절했지만 선녀의 바람으로 후실로 삼고 좋은 집에서 가족들과 행복하게 지냈어요.

이 소문이 놀부의 귀에 들어가자 놀부는 배가 아팠어요.

'흥부 이놈이 도적질을 하였나? 갑자기 부자가 되었다 하니 내가 가서 확인해 봐야겠다.'

놀부가 재빨리 흥부네 집 앞에 가 보니 자신의 집보다 몇 배나 크고 좋아 보이는 집이 서 있었어요. 놀부는 심술이 뻗쳐서 대문 앞에서 벼락같이 소리를 질렀어요.

"이놈, 흥부야!"

그러자 계집종이 대답해 달려 나가 놀부를 맞이하고, 흥부 아내가 좋은 방석을 내다 깔고는 하인을 시켜 상다리가 부러지게 점심 식사를 차려 주었어요. 이런 모습을 난생 처음 본 놀부는 뱃속이 꼬이는 것 같았어요. 괜히 흥부 아내에게 기생 같이 군다는 말을 하거나, 침을 벽에 뱉거나, 칼로 바닥을 북 북 긋거나, 밥상을 발로 차 엎는 등 해괴망측한 심술을 부려 댔어요. 놀부가 한창 소란을 피울 때 흥부가 들어와 형인 놀부에게 공손히 인사했어요. 흥부를 보자 놀부가 버럭 화를 내며 말했어요.

"이놈 흥부야, 도대체 도적질을 얼마나 많이 하였기에 집이 이렇게 커졌느냐?"

"형님, 그게 무슨 말씀이세요?"

흥부가 놀라 대답하고는 지금까지 있었던 일을 자세히 이야기했어요. 그러자 놀부가 말했어요.

"어디, 우선 네 집 구경 한번 해 보자."

놀부는 흥부네 집을 돌아보며 창고에 가득 쌓인 곡식과 금은보화들, 휘황찬란한 화초장●도 보고 나서 말했어요.

"네 것이 내 것이요, 내 것이 네 것이 아니냐. 그러니 화초장을 내게 다오. 만약 그렇게 하지 않으면 네 집에 불을 질러 버릴 거다."

흥부는 하는 수 없이 화초장을 내어 주기로 했어요. 흥부가 하인을 시켜 화초장을 보내 주겠다고 했지만 놀부는 거절하고 혼자서 끙끙대며 화초장을 이고 집에 갔어요. 화초장을 이고 온 놀부를 본 놀부 아내는 눈이 휘둥그레졌어요. 그리고 흥부

● 화초장 ⋯ 화초 무늬가 있는 옷을 넣는 장롱

네가 부자가 된 까닭을 듣고는 한숨을 쉬며 말했어요.

"우리 집에는 왜 그런 제비가 안 오나 몰라요."

놀부 부부는 그날부터 매일매일 제비를 기다렸어요. 겨울이 가고 봄이 돌아오니 그 많은 제비 중에서도 팔자 사나운 제비 한 쌍이 놀부 집에 흙과 검불을 물어다가 둥지를 틀었어요. 어미 제비가 알을 낳아 품을 무렵, 놀부는 밤낮으로 제비집 앞에서 새끼가 태어나길 기다리며 살펴보았어요. 하지만 놀부네 제비는 제대로 알을 품지 못했는지 대부분 알이 다 상했고 딱한 개만 남아 새끼를 까게 되었어요. 놀부는 기뻐하며 몽둥이를 들고 빨리 구렁이가 오기만을 기다렸어요. 며칠 밤을 새며 기다렸지만 구렁이는 그림자도 보이지 않았어요.

"이놈의 구렁이는 왜 오질 않는 거야? 못 참겠다. 직접 데려와야겠다."

답답한 마음에 놀부는 구렁이를 찾아 산으로, 들로 다녔어요. 하지만 도마뱀 한 마리도 못 보고 집으로 돌아와야만 했어요. 놀부가 터덜터덜 집으로 돌아오는데 놀부의 눈에 커다란 독사가 보였어요.

"얼씨구나! 반갑다, 짐승아. 내 집 처마로 들어가서 제비를 떨어뜨려 다오. 그러면 나는 부자가 될 테니!"

놀부가 기뻐하며 독사를 막대로 툭툭 건드리다 그만 발가락을 물리고 말았어요. 놀부는 정신이 아득해지는 와중에 안

간힘을 써서 집에 돌아와 침을 맞고 약을 발라 겨우 살아날 수 있었어요. 구렁이를 찾지도 못하고 독사에게까지 물려 죽을 뻔 하자 화가 난 놀부는 자기 손을 뱀인 것처럼 연기를 해 새끼 제비를 끄집어내서 두 발목을 지끈둥 부러뜨렸어요. 그래 놓고 깜짝 놀라는 체 하며 말했어요.

"아이고, 불쌍하다. 제비야. 어떤 몹쓸 것이 와서 네 다리를 분질렀느냐."

그러고는 흥부가 했던 대로 실로 다리를 묶어 두고 다시 제비 집에 얹어 두었어요. 죄 없는 새끼 제비는 겨우겨우 목숨을 구해 이를 갈며 강남으로 돌아갔어요.

"원수 같은 놀부 놈아, 내년 봄에 다시 와 내 다리 분지른 너를 잊지 않고 원수를 갚을 것이니 그때까지 잘 있거라. 지지위 지지."

다음 해 봄, 그 제비는 '원수를 갚는 박'이라고 쓰인 박씨를 물고 와서 놀부 집 위에서 날아다녔어요. 놀부는 버선발로 뛰쳐나가 혹시라도 박씨를 풀밭에 떨어뜨려 잃어버릴까 겁이 나서 삿갓을 뒤집어 들고 제비를 따라다녔어요. 이윽고 제비가 박씨를 떨어뜨리니 놀부가 좋아라 했어요. 무식한 놀부는 박씨에 써진 글씨도 읽지 않고 좋은 날을 정해 박씨를 심고 거름을 잔뜩 뿌렸어요. 오 일이 지나자 박이 무럭무럭 자라 덩굴이 뻗고 잎이 무성해졌어요. 며칠 후, 줄기마다 꽃이 피고 이윽고 박 십여 통이 커다란 바위같이 주렁주렁 달렸어요. 놀부는 좋아서 어쩔 줄 모르고 날뛰었어요. 마침내 박을 켜기로 결정한 날, 놀부는 목수도 부르고 이웃 동네에서 힘센 장사도 불러 돼지를 잡아 푸짐하게 먹인 후, 이십냥 씩 돈을 주며 정성을 다해 박을 켜 달라고 부탁했어요.

"어여라 흘근흘근 당기어라. 어이여 톱질이야. 어여라 애고 이놈의 박 참 단단하구나."

박을 켜는 모습을 보니 놀부는 흐뭇했어요. 그런데 박이 어찌나 단단한지 한참을 톱질해도 열릴 기미가 보이지 않았어요. 장사와 목수가 땀을 뻘뻘 흘리며 슬근슬근 톱질해 겨우 박이 열리자 박 속에서 글 읽는 소리가 나면서 이윽고 관을 쓴 늙은 양반, 갓을 쓴 젊은 양반, 도포 입은 도련님이 꾸역꾸역 나왔어요. 그러고는 놀부를 잡아다 노송나무에 높이 매달아 놓고 꾸짖었어요.

"이놈 놀부야! 네 아비 개불이와 네 어미 똥녀가 양반집에서 종노릇을 하다가 밤에 아무도 모르게 도망친 지 수십 년이 지났다. 이제야 찾았구나. 네 어미, 네 아비 몸값이 삼천 냥이니 당장 바치거라."

겁이 난 놀부는 하는 수 없이 돈 삼천 냥을 바치고 잘못했다고 빌었어요. 그러자 박에서 나온 사람들이 못 이기는 체하고 말했어요.

"이 돈 삼천 냥은 우리 용돈으로 쓰마. 이 돈이 떨어질 때쯤 다시 오겠다."

순식간에 삼천 냥을 잃은 놀부 부부 뿐 아니라 박을 타던 사람들도 어이없어 했어요. 하지만 놀부는 여기서 박 타는 것을 멈추지 않았어요.

"처음에는 톱질을 잘못해서 그런 것일 거다."

놀부는 고집을 부려 두 번째 박을 타 보았어요. 이번에는 소고 든 놈, 징 든 놈, 꽹과리 든 놈들이 우루루 나오면서 요란스럽게 소리를 질러 댔어요.

"우리 놀부 인심 좋다는 말을 듣고 일부러 찾아왔으니 쌀 내놔라."

"나는 술과 밥 주시오."

"돈 백 냥을 내놔라."

박 속에서 나온 사람들이 정신없이 뛰노는 통에 놀부는 하는 수 없이 돈 백 냥에 쌀 한 섬을 주어 보냈어요. 겨우 정신을 차린 놀부는 혹시나 하는 생각에 세 번째 박을 탔어요. 이번에는 '나무아비타불 관세음보살' 염불을 외면서 노승이 나와 말했어요.

"이 놀부야, 우리 스승님이 네 집을 위해 정성 들여 제사를 지내 주었으니 돈 오천 냥만 바치거라."

또다시 오천 냥을 잃은 놀부에게 놀부 아내가 울상이 되어 부탁했어요.

"여보, 이 이상 박을 켰다간 우리 집이 망하겠으니 그만 켭시다."

하지만 놀부는 혹시나 하는 마음으로 또 박을 탔어요. 이번에는 울음소리 요란한 상여 한 채가 나왔어요. 상복을 입은 사람들이 상여를 놀부네 집 마당에 내려놓더니 맨 앞에서 곡을 하던 소경이 말했어요.

"야, 이놈 놀부야. 제사 지내게 소를 잡아라."

놀부가 울며 겨자 먹기로 소를 잡고 제사상을 차렸더니 이번엔 상여를 멘 사람이 말했어요.

"돈 만 냥만 내면 상여를 도로 메고 가겠다. 그렇지 않으면 네 집에서 장례를 치르고 네 집을 무덤으로 쓸 테니 그리 알아라."

놀부는 하는 수 없이 또 논을 헐값으로 팔아 돈 만 냥을 마련해서 박에서 나온 사람들에게 이제 제발 가 달라고 사정했어요. 그러자 사람들이 상여를 메고 가는데, 놀부가 혹시 다른 박에 보물이 없느냐고 묻자 상여를 멘 사람이 대답했어요.

"아마 그중 어느 박엔가 생금이 한 통 가득 들어 있을 것이오."

놀부는 그 말을 믿고 기뻐하며 계속해서 박을 탔어요. 하지만 다음 박에서는 무당이 나와 돈 오천 냥을 빼앗기고 다음 박

에서는 수천 명의 힘센 장수들이 나와서 돈 삼십만 냥을 빼앗아 갔어요. 장수들이 떠나면서 다음 통에는 금은이 많이 들어 있는 것 같으니 정성 들여 켜 보라는 바람에 또 켜 봤지만, 이번에는 수백 명의 거지들이 쏟아져 나오면서 한바탕 놀아나다가 마침내 놀부네 땅 문서 뭉치를 모조리 나누어 가지고 물러갔어요. 그리고 그 다음에 탄 박에서는 수백 명의 사람들이 나와서 놀부를 잡아 이 뺨 치고 저 뺨 치고 돌려 가며 주리를 틀어 놀부는 온갖 고통을 다 받고 난 끝에 오천 냥을 바치고 구사일생으로 살아났어요. 사지를 제대로 쓰지 못하는 중에도 꼭 금이 잔뜩 든 박이 있을 거라는 욕심에 눈이 먼 놀부는 엉금엉금 기어서 다시 박통을 따 가지고 내려와 슬근슬근 톱질을 시켰어요. 그러자 나라 안의 소경이란 소경이 다 모여 나와 놀부를 개 잡듯 두드려 대니 놀부가 견디지 못하고 돈 오천 냥을 내어 주었어요. 결국 이제 집 안에 돈이라고는 한 푼도 남은 것이 없었어요. 그래도 혹시나 하는 마음에 박 한 통을 따다 놓고 목수와 장사를 달래며 켜 보았어요. 그러자 별안간 도깨비 하나가 와락 나오는 것이었어요. 박을 타던 목수와 장수는 놀라 도망가고 도깨비는 먹을 갈아 끼얹은 듯한 새까만 얼굴로 놀부를 노려보며 말했어요.

"이놈, 네가 세상에 태어나 부모께 불효하고, 형제에게 못되게 굴고, 친척과는 사이가 나쁘니 네가 지은 죄가 네 털보다 많구나. 옥황상제께서 나를 시켜, 네놈을 혼쭐내 달라고 하셨으니 어디 한번 견뎌 보아라."

그리고 커다란 손으로 놀부를 잡고 공깃돌 놀리듯 해 대자 놀부는 정신을 잃고 말았어요. 한참 후 다시 깨어난 놀부가 애걸복걸 울며 빌었어요. 그러자 도깨비가 말했어요.

"앞으로는 착한 동생을 구박하지 말고 화목하게 살도록 하여라."

도깨비가 떠나가고 놀부가 겨우 정신을 차려 지붕을 보자 박이 하나 남아 있었어요. 놀부는 자기 신세를 생각하니 화가 났어요.

'부자가 될 생각으로 박을 심었다가, 그 많은 재산을 다 빼앗기고 온갖 고생과 매를 맞다니 이렇게 분하고 원통한 일이 어디 있을까.'

놀부는 씩씩 대며 단숨에 동산으로 올라가서 덩굴 속에 숨겨진 박 한 통을 마저 따다 놓고는 만족해하며 말했어요.

"옳거니! 바로 이 박에 금이 들었나보구나. 재물이 많이 들어 있어 남의 눈에 띄지 않으려고 덩굴 속에 숨어 있는 것을 모르고 딴 박만 타서 고생만 했구나. 제일 먼저 이 박을 켜 볼 것을……."

이번엔 놀부가 아내와 함께 박을 타기 시작했어요. 박이 거의 갈라질 쯤, 박 안이 궁금해진 놀부가 박을 들여다보자 별안

간 박 속에서 센 바람이 일고 벼락같은 소리가 나더니 똥 줄기가 물줄기처럼 쏟아져 나오는 것이었어요. 놀부 부부가 어찌할 사이도 없이 똥 벼락을 맞으며 나동그라졌어요. 똥 줄기는 삽시간에 놀부의 집 안팎을 가득 채웠고 놀부 부부는 온몸이 똥에 범벅이 되어 달아났어요.

놀부가 한참을 달아나다 먼 곳에서 똥에 묻힌 자기 집을 쳐다보며 말했어요.

"마누라, 이 일을 어찌하면 좋소. 이제 우린 무엇을 먹고, 무엇을 입고, 어디서 산단 말이오. 애고, 서러워라."

놀부가 서럽게 통곡하는데 이때 흥부가 형의 집이 망했다는 소식을 듣고 급히 하인을 시켜 옷과 가마를 보내 놀부 부부와 조카들을 집으로 데려왔어요. 그러고는 놀부 가족에게 안방을 내어 주고 그곳에서 살게 했어요. 매일 가장 좋은 음식과 가장 좋은 옷으로 놀부를 대접하여 살게 해 주니, 비록 놀부가 몹쓸 놈이긴 하지만 흥부의 어진 덕에 감동하여 과거의 잘못을 뉘우치고 형제가 화목하게 살았어요.

흥부 부부는 많은 자식을 낳아 팔십이 되도록 살았고 자손들도 하는 일마다 잘되어 대대로 풍족하게 살 수 있었어요. 사람들은 흥부의 덕을 칭찬하며 그 이름이 백 년이 지나도록 사라지지 않았어요.

심청전

작자 미상

황주 도화동에 성은 심, 이름은 학규라 하는 사람이 살고 있었어요. 대대로 큰 벼슬을 한 집안으로 명성이 자자했지만 점점 운이 나빠져 집안이 기울어 고생만 하다가 그만 눈이 멀고 말았어요. 시골 마을에서 눈이 먼 채로 가난하게 살았지만 원래 양반의 핏줄을 타고나 예의바르고 청렴한 심 봉사의 모습에 동네 사람들은 모두 칭찬했어요.

심 봉사에겐 착하고 고운 곽씨 부인이 있었는데 비록 두 사람 사이에 자식은 없었지만 행복하게 살고 있었어요. 어느 날 곽씨 부인이 신비한 꿈을 꾸고 오랜 진통 끝에 예쁜 딸을 낳게 되었어요. 늦은 나이에 어렵게 얻은 자식이라 심 봉사는 뛸 듯이 기뻤어요. 심 봉사는 눈으로 보지는 못하고 손으로 더듬거리며 아기를 달래며 말했어요.

"아가, 아가 내 딸아, 금을 준다 한들 너를 사며 옥을 준다 한들 너를 살 수 있겠느냐. 어화둥둥, 내 딸아. 큰 논밭을 장만한다 해도 이보다 더 좋겠으며, 금은보화를 얻는다 해도 이만큼 더 반갑겠느냐. 은하수 직녀성이 내려온 것처럼 고운 내 딸아."

심 봉사와 곽씨 부인은 서로 딸을 보며 밤낮으로 기뻐했어요. 하지만 이 행복도 오래가지 않았어요. 곽씨 부인이 아기를 낳고 난 후, 병에 걸려 하루 종일 앓기만 하는 것이었어요. 심 봉사는 덜컥 겁이 나 몸에 좋다는 음식을 구해 와 먹이고 약도 구해 왔지만 곽씨 부인의 병은 좋아질 기미가 보이지 않았어요. 심 봉사는 곽씨 부인 곁에 앉아 손을 잡고 말했어요.

"여보게, 마누라. 정신 차리고 말을 하시오. 당신이 이 세상을 떠나면 아직 갓난아기인 우리 딸은 어찌한단 말이오. 어서 빨리 병석에서 일어나시오."

"서방님, 제 목숨이 이제 얼마 남지 않은 것 같습니다. 죽는 저는 슬프지 않사오나, 어린 딸과 우리 서방님을 생각하면 편히 눈을 감을 수가 없습니다. 사십이 넘어 낳은 우리 딸에게 젖 한 번 못 물리고 죽다니 원통하기 짝이 없습니다. 이 몸이 죽게 되면 앞 못 보는 서방님과 우리 아기가 마음에 걸려 어찌 멀고 먼 황천길을 가겠습니까. 먼저 가는 저를 용서하시고 귀하신 서방님 몸조심하십시오. 다음 생애에 다시 만나 이별 없이 살았으면 합니다. 서방님, 한 가지 청이 있사온데, 우리 아기의 이름을 청이라 지어 심청이라 불러 주십시오. 하고 싶은

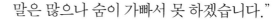

설화를 바탕에 둔 판소리

판소리는 기존의 설화를 바탕으로 만들어졌어요. 후에 판소리가 기록과 창작을 더해 소설로 정착된 것을 판소리계 소설이라 불러요. 소설로 정착되는 과정에서 기록하는 사람에 의해 내용이 바뀌거나 재창작될 수 있었어요. 또 판소리는 청중이 참여하는 형태로 이루어지기 때문에 서민들의 삶과 생각들이 역동적으로 표현되어 있어요.

말은 많으나 숨이 가빠서 못 하겠습니다."

곽씨 부인은 이 말을 마치고 심 봉사의 손을 꼭 잡은 채로 덜컥 숨이 끊어졌어요. 심 봉사는 곽씨 부인이 죽은 줄도 모르고 말했어요.

"마누라, 병든다고 다 죽는 게 아니오. 내 약방에 가서 약을 지어 올 것이니 부디 안심하시오."

심 봉사가 급히 약을 지어 와 화로에 불을 피우고 부채질해 달여 내어 정성껏 베수건으로 짜내 곽씨 부인 앞에 가져다주었어요.

"마누라, 어서 일어나 약을 드시오."

그러고는 약그릇을 곁에 놓고 부인을 일으켜 앉히려 하는데 곽씨 부인의 몸이 차디찼어요. 그제야 비로소 곽씨 부인이 죽은 줄 안 심 봉사는 통곡했어요.

"애고 마누라, 참으로 죽은 게요?"

심 봉사는 가슴을 꽝꽝 치고 머리를 탕탕 치며 발을 동동 구르면서 울부짖었어요.

"여보 마누라. 마누라 대신 내가 죽었으면 마누라가 우리 아기를 잘 키울 텐데, 마누라가 죽고 내가 살았으니 우리 자식 어찌하며 무얼 먹고 살겠소. 평생 함께 살자더니, 저승이 뭐가 좋다고 나 버리고 갔소."

심 봉사의 곡소리에 동네 사람들은 남녀노소 모두 슬퍼했
어요. 동네 사람들은 착한 심 봉사와 곽씨 부인을 생각하여 조
금씩 돈을 모아 곽씨 부인의 장례를 치러 주었어요. 곽씨 부인
의 장례를 치르고 돌아온 심 봉사가 아기를 품에 안고 슬픔에
젖어 멍하니 앉아 있는데 품 안에 아기가 울기 시작했어요. 부
인을 잃은 슬픔에 제 몸 가눌 힘도 없었지만 심 봉사는 아기를
토닥이며 달랬어요.

"아가, 아가 울지 마라. 네 어미는 이제 먼 데로 갔구나. 너
도 네 어미를 잃고 슬퍼서 우는 게냐. 울지 마라, 울지 마라.
해당화 범나비야, 꽃이 진다고 서러워 마라. 내년 삼월이 돌아
오면 그 꽃은 다시 피지만 우리 부인이 간 곳은 한 번 가면 못
온단다. 해가 져도 부인 생각, 빗소리에도 부인 생각, 짝 잃은
외기러기야, 너도 임 찾아 가는 길이냐. 너와 나 비교하면 두
팔자가 똑같구나."

심 봉사는 슬퍼하며 밤새 아기를 안고 달랬고 아기는 배고
픔에 지쳐 더 이상 울지도 않았어요. 눈이 보이지 않아 아기가
더 걱정이 된 심 봉사는 바깥 우물가에서 물 긷는 소리를 듣고
날이 샌 걸 짐작하여 문 밖으로 나갔어요. 그리고 무작정 우물
가로 다가가 말했어요.

"우물에 오신 부인이 누구이신지 모르지만, 칠 일 만에 어미

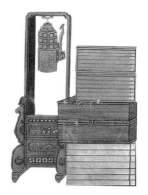

잃고 젖도 못 먹여 죽게 된 이 아기에게 젖 좀 먹여 주십시오."

"난 젖이 나오지 않지만 이 동네에 아기를 가진 여인네가 많으니, 아기를 안고 찾아가서 젖 좀 먹여 달라 하면 모두들 거절하지 않을 겁니다."

심 봉사는 그 말을 듣고서 아기를 안고 한 손에는 지팡이를 짚고 더듬더듬 동네로 내려갔어요. 그리고 동네에서 아이가 있는 집을 물어 집 안으로 들어서며 애걸복걸 빌었어요.

"실례합니다. 눈이 어두운 나와 어미 없는 어린 것을 봐서라도 댁의 귀한 아기가 먹고 남은 젖이 있거든 이 애 젖 좀 먹여 주십시오."

심 봉사가 눈물지으며 목이 메어 말하자 동네의 젖 있는 여인네들은 심 봉사와 아기를 불쌍히 여겨 젖을 주었어요. 심 봉사는 동서남북으로 다니며 젖 있는 여인네들에게 부탁했어요. 길을 가다가도 논밭을 매고 쉬고 있는 여인에게 다가가 말했어요.

"이 애 젖 좀 먹여 주오"

시냇가를 지나가다가도 빨래하다 쉬는 여인에게 말했어요.

"이 애 젖 좀 먹여 주오."

동네의 부인들은 심 봉사의 착한 마음씨를 잘 알고 있어 불쌍하게 여겨 아기에게 젖을 먹여 주었어요. 동네 여인들은 아기에게 젖을 주며 심 봉사에게 말했어요.

"심 봉사님, 어려워하지 말고 내일도, 모레도 안고 오세요. 이렇게 어린 아기를 설마 굶기겠습니까."

"이렇게 우리 동네 부인들같이 어질고 덕이 많은 분들은 세상에 드물 겁니다. 부디 동네 부인들 모두 건강하고 평안하시길 빕니다."

심 봉사는 고마움에 어쩔 줄을 몰라 했어요. 심 봉사는 몇 번이나 고맙다고 하고 아기를 품에 안고 집으로 돌아왔어요. 그리고 아기 배를 만져 보며 미소 지었어요.

"허허, 내 딸 배부르구나. 매일매일 이 정도만 먹일 수 있으면 좋겠구나. 이것이 동네 부인들의 덕이다. 어서어서 너도 너의 어머니같이 똑똑하고 효심 깊게 자라라. 쑥쑥 커서 이 아비에게 귀여운 모습을 보여 주렴."

심 봉사는 아기에게 이불을 덮어 주고 아기가 자는 사이에 마을로 가 동냥을 했어요. 지팡이를 짚고 이 집 저 집 다니면서 동냥하여 아기에게 먹일 묽은 죽을 끓일 쌀과 설탕, 홍합 등을 사서 돌아왔어요. 지팡이에 의지해 더듬더듬 돌아오는 그 모습은 누가 봐도 불쌍해 보였어요. 이렇게 동냥으로 몇 년

우리의 오페라! 판소리

판소리는 이야기를 노래로 부르는 한국 전통 음악의 형식 중 하나예요. 한 명의 소리꾼이 북 치는 고수의 장단에 맞춰 창과 아니리와 몸짓을 섞어 이야기를 구연하는 것이에요. 판소리는 어느 계층에 한정되지 않고 모든 계층이 두루 즐기는 예술이었어요. 서민들의 삶을 사실적으로 그려 서민들의 목소리를 지배층에게 전달하는 역할도 했어요. 또 판소리는 여러 사람이 하는 놀이에서 탄생되었기 때문에 청중이 적극적으로 참여할 수 있었고 그렇기 때문에 내용이 고정되지 않고 청중과 소리꾼이 함께 만들어 갈 수 있었어요.

을 보내는 사이, 심청은 하늘이 도와주어 병에 걸리지 않고 건강히 자랄 수 있었어요. 심청이 일곱 살이 되었을 때는 앞 못 보는 아버지의 지팡이가 되어 아버지의 손을 잡고 앞에 서서 인도했어요. 열 살이 되어 갈 무렵에는 얼굴이 곱고 재주도 많은 데다가 효심이 깊어 어머니의 제사도 손수 차려서 마을 사람들로부터 칭찬을 받았어요.

심청의 나이가 열한 살 되던 해, 심청은 심 봉사 앞에 공손히 무릎을 꿇고 앉아 말했어요.

"아버님, 소녀도 나이가 열 살이 넘었습니다. 맛난 음식으로 아버님을 공양하고 싶어요. 어두우신 눈으로는 험한 길을 다니시다가 넘어져 다치기 쉽고, 비바람을 무릅쓰고 다니시면 병이 날까 염려가 되니, 아버지는 오늘부터 집안에 계세요. 소녀가 혼자 밥을 동냥하여 아침저녁으로 아버지를 공양하겠습니다."

이 말에 심 봉사가 크게 웃으며 말했어요.

"내 딸이지만 참 효녀로구나. 하지만 어린 너를 내보내고 앉아서 밥을 받아먹는 내가 어찌 마음 편하겠느냐. 그런 말 다시는 하지 마라."

"아버지 그런 말 마세요. 옛 사람들은 이보다 더한 일도 했는데 이만한 일을 못 하겠습니까. 너무 말리지 마옵소서."

"네 말이 기특하니 네 뜻대로 하려무나. 고맙다."

심청은 그날부터 혼자 밥을 동냥하러 나섰어요. 깃만 남은 헌 저고리를 입고 버선 없이 맨발로 뒤축이 다 닳은 헌 신발을 신고 집을 나서는 심청의 모습은 가련하기 짝이 없었어요. 추운 겨울날, 심청은 차가운 바람에 손을 호호 불며 몸을 잔뜩 웅크린 채 마을로 가 이 집 저 집 부엌문에 들어서서 사람들에게 부탁했어요.

"어머니가 돌아가신 후에 눈 먼 우리 아버지 공양할 길이 없어 왔사오니, 댁에서 잡수시는 대로 밥 한 술만 주옵소서."

심청의 그 모습에 사람들이 짠하고 기특한 마음이 들어 밥, 김치, 장을 아끼지 않고 덜어 주며 말했어요.

"아가, 몸 좀 녹이고 여기서 많이 먹고 가거라."

하지만 심청은 기쁘게 밥을 받으며 말했어요.

"감사합니다만 추운 방에서 늙은 아버지가 저 오기만 기다리시니 저 혼자만 먹을 순 없습니다."

이렇게 심청은 밥을 두세 그릇 얻어 집으로 돌아왔어요.

"아버지, 춥지 않으신지요. 몹시 시장하시지요? 여러 집을 다니다 보니 늦어졌어요."

심 봉사는 어린 딸을 혼자 보내 놓고 마음을 놓지 못하고 있다가 딸의 목소리를 듣고 반가워하며 문을 활짝 열었어요.

"애고 내 딸, 이제 오느냐?"

심 봉사는 딸의 꽁꽁 언 두 손을 덥석 잡고 비비며 화로 앞

에 가져갔어요. 심청의 부르튼 손을 어루만지며 심 봉사는 마음이 아파 눈물을 흘리며 말했어요.

"앞 못 보는 이 아비가 자식의 짐이 되어 너만 고생시키는구나."

"아버지, 그렇게 슬퍼하지 마시옵소서. 부모께 효도하는 것은 자식들이 당연히 해야 할 일입니다."

심청은 심 봉사를 위로하며 사계절 동안 쉬는 날도 없이 밥을 동냥하러 다녔고 점점 자랄수록 바느질과 길쌈질을 하여 돈을 받아 심 봉사를 지극히 모셨어요.

세월이 흘러 열다섯 살이 된 심청의 얼굴은 빼어나게 아름다웠고 효심도 지극하며 재주도 뛰어났어요. 사람들은 심청이 죽은 어머니를 쏙 빼닮았다며 칭찬이 자자했어요. 심청에 관한 소문은 건넛마을까지 퍼졌어요. 건넛마을에는 장 승상●의 부인이 살고 있었는데 그 부인이 심청의 소문을 듣고 하인을 보내 심청을 불러들였어요.

심청은 심 봉사에게 공손히 다녀오겠다는 말을 하고 승상의 집으로 향했어요. 승상의 집 뜰에는 화려하게 핀 꽃들이 가득했고 웅장하고 으리으리한 건물들이 서 있었어요. 심청이 승상의 집에 들어서자 고운 비단옷을 입을 노부인이 심청을 맞이했어요. 노부인은 심청의 손을 잡고 반가워하며 말했어요.

"네가 심청이로구나. 소문처럼 참 곱구나. 심청아, 내 말을

●
승상 … 옛 중국의 벼슬 이름으로 우리나라의 정승에 해당하는 관직

수양딸 … 남의 자식을 데려다가 제 자식처럼 기른 딸

들어다오. 내 남편인 승상은 이미 세상을 떠나고 아들은 삼 형제이지만 이곳을 떠나 벼슬길에 올라 있는 데다, 손자도 없구나. 내 주변에 말벗이 없어 적적한데 네가 나의 수양딸*이 되어 이곳에서 지내는 건 어떠하냐?"

"승상 부인, 부인같이 귀하신 분께서 미천한 저를 딸 삼으려 하시니 어머니를 다시 본 듯 반갑고 황송하옵니다. 하지만 앞 못 보는 아버지가 저를 안고 다니면서 동냥젖을 얻어먹여 근근이 길러 내어 제가 이렇게 자랄 수 있었습니다. 제가 승상 부인의 딸이 되면 누가 아버지의 옷을 준비할 것이며, 누가 아침저녁으로 진지를 차려 드리겠습니까? 저는 아버지를 한시라도 떠날 수가 없나이다."

심청은 목이 메어 말을 잇지 못하고 눈물을 뚝뚝 흘렸어요. 그 모습을 기특하게 여긴 노부인이 말했어요.

궁중에서도 장려한 길쌈

길쌈이란 누에고치·삼·모시·목화 등으로 실을 만들어 명주·삼베·모시 등의 옷감을 만드는 일을 말해요. 단군이 나라를 세웠던 때부터 시작되었던 길쌈은 나라에서도 장려했던 것이었어요. 특히 신라 시대 때에는 해마다 칠월 십오 일부터 팔월 십오 일 한가위 때까지 부녀자들이 두 편으로 나뉘어 누가 더 길쌈을 잘 짓는지 길쌈내기를 하였다고 해요. 또한 조선 시대 때는 궁중에서 왕비가 직접 누에를 치고 누에의 신인 잠신에게 제사를 지내는 친잠례가 행해졌으며, 잠실이라 하여 누에를 키우고 누에 종자를 나누어 주던 곳도 있었어요. 현재 서울의 잠실동·잠원동 등의 지명도 여기서 비롯되었다고 해요.

"과연 하늘에서 내려 주신 효녀로구나. 내가 생각이 짧았다. 그냥 네 집이라 생각하고 편히 놀다 가거라."

심청이 노부인과 이런저런 이야기를 하는 사이 날이 저물었어요. 심청이 일어나 공손히 인사하며 노부인에게 말했어요.

"해가 저물었으니 이만 집으로 돌아갈까 합니다."

노부인이 아쉬워하며 심청에게 비단과 패물을 넉넉히 쥐어 주며 말했어요.

"심청아, 나를 잊지 말고 언제든 찾아오너라."

심청은 노부인이 준 선물을 기쁘게 받아 들고 자리에서 일어나 심 봉사가 있는 집으로 향했어요.

한편 심 봉사는 승상 댁에 심청을 보내 놓고 홀로 방 안에 앉아 심청을 기다렸어요. 점점 배가 고파오고 방이 추워지는 데다 먼 데 있는 절에서 북 치는 소리가 들리는 걸로 봐서 날이 저문 것이 틀림없었어요. 그런데도 심청이가 집에 돌아오지 않자 심 봉사는 걱정이 되었어요.

"우리 청이가 늦는구나. 무얼 하느라 날이 저무는 줄 모르는 걸까?"

심청이 오기를 간절히 기다리던 심 봉사는 문 밖에서 새만 푸르르 날아가도 방문을 열며 말했어요.

"청이 왔느냐?"

바람결에 낙엽이 바스락 거려도 방문을 벌컥 열었어요.

"아가, 왔느냐?"

하지만 아무리 기다려도 심청이가 돌아오는 기척이 없자 기다리다 못한 심 봉사는 지팡이를 짚고 마중을 나가기로 했어

요. 심 봉사가 개울가 옆에 있는 다리를 건너는데 급히 건너려다 발을 삐끗하는 바람에 물에 풍덩 빠지고 말았어요. 심 봉사가 물에서 나오려고 허우적델 때마다 더 깊게 빠졌고 사방에서 물이 출렁거리는 소리만 요란했어요. 덜컥 겁이 난 심 봉사는 소리를 질렀어요.

"아무도 없소? 사람 살리시오!"

하지만 몸이 점점 깊이 빠져 허리까지 물에 잠겼어요.

"아이고, 나 죽는다."

차차 물이 올라와서 심 봉사의 목까지 닿았어요.

"어푸어푸, 아이고 사람 죽어!"

하지만 심 봉사가 아무리 소리쳐도 해가 진 뒤라 다니는 사람이 없어 건져 줄 이가 없었어요. 그때 몽운사의 스님이 절을 짓기 위해 시주를 하고 돌아가던 중 물에 빠진 심 봉사를 발견했어요. 깜짝 놀란 스님은 들고 있던 염주를 던지고 바지를 둘둘 말아 걷어 올려 심 봉사를 건져 냈어요. 스님이 젖은 옷을 짜내는데 심 봉사가 더듬거리며 물었어요.

"날 구하신 분은 누구입니까?"

"몽운사의 중입니다."

"아이고, 스님. 제 생명의 은인이시오. 이 은혜를 어찌 갚아야 할꼬."

"허, 이 밤에 어쩌다가 물에 빠지셨습니까?"

"딸을 마중 나가려 서둘다가 그만 발을 헛디뎠다오. 앞이 안 보이니 이런 일도 생기나 보오. 눈만 뜰 수 있다면 우리 심청 이에게 짐이 되지 않을 텐데, 다 부질없는 소망이오."

심 봉사의 이야기를 듣고 있던 스님이 말했어요.

"눈을 뜰 수 있는 한 가지 방법이 있긴 합니다."

"아니, 스님. 정말로 방법이 있단 말이오? 그게 뭐요?"

"부처님께 공양미* 삼백 석을 시주로 올리고 정성을 다해 빌면 눈을 뜰 수 있을 것입니다."

눈을 뜰 수 있다는 말에 심 봉사는 집안 사정을 생각지도 않 고 반가워서 말했어요.

"그게 진짜요? 스님, 공양미 삼백 석을 내가 시주하리다."

심 봉사의 말에 스님은 집안을 둘러보고는 허허, 웃더니 말 했어요.

"하지만 집안을 보아하니 쌀 삼백 석을 구할 길이 없을 듯합 니다만……."

이 말에 심 봉사가 벌컥 화를 내며 말했어요.

"이보시오. 스님께서 나를 뭐로 보고 그러시는 거요? 어떤 사람이 부처님 앞에서 거짓말을 하겠소? 내 부처님께 맹세할 터이니, 당장 내 이름과 공양미 삼백 석을 바친다는 글을 적어 가시오!"

스님은 알겠다며 심 봉사의 이름과 쌀 삼백 석이라 적고 심

●
공양미 … 불교에서 절 을 위해 바치는 쌀

봉사의 집을 나섰어요. 스님이 떠나고 화가 가라앉자 심 봉사는 크게 후회했어요.

'내가 부처님께 지키지도 못할 약속을 했구나! 어린 딸이 바느질을 해 겨우 입에 풀칠이나 하는 이 집에서 쌀 삼백 석을 어떻게 구한단 말인가. 이 입이 방정이로구나. 이를 어쩐단 말인가.'

집으로 돌아온 심 봉사가 방에 앉아 슬피 울고 있는데 방문이 열리며 심청이 들어왔어요. 심청은 한쪽에 젖은 채로 개어 둔 심 봉사의 옷과 아직도 축축한 심 봉사의 머리카락을 보고 깜짝 놀라 물었어요.

"아버님! 이게 웬일이십니까? 절 마중 오다 물에 빠지신 건가요? 이렇게 추운 날 이게 무슨 고생이신가요!"

심청은 심 봉사의 모습에 마음 아파 눈물을 훔치고는 얼른 방에 불을 때고 밥을 지어 심 봉사 앞에 상을 차렸어요.

"아버지, 진지 잡수세요."

"됐다. 먹기 싫구나."

"아니, 어디 몸이라도 편찮으세요? 아니면 소녀가 늦게 와서 괘씸해서 그러시는 건가요?"

"아니다."

"무슨 근심이라도 있으세요?"

"네가 알 일이 아니다."

"아버지, 그게 무슨 서운한 말씀이세요? 항상 소녀를 믿어 주시어 무슨 일이든 말씀해 주시더니 오늘은 무슨 일로 말씀을 안 해 주시는 건가요? 제 마음이 슬프옵니다."

심청이 서운해서 훌쩍훌쩍 울자 심 봉사가 깜짝 놀라 심청을 다독이며 말했어요.

"아가, 울지 마라. 널 속일 생각은 없지만 네 효성이 지극한 것이 걱정되어 말을 못했다. 몽운사 스님이 물에 빠진 나를 건져 살려 주었는데 내 사정 물어 보기에 내 신세를 다 말하였느니라. 그러자 스님이 몽운사 부처님께 공양미 삼백 석을 바치면 살아생전 눈을 뜰 수 있다고 하더구나. 그 말에 내가 앞뒤 생각도 하지 않고 공양미를 바치겠다고 덜컥 약속을 해 버렸구나."

그 말을 듣고 심청이 웃으며 대답했어요.

"아버지, 걱정 마세요. 정녕 아버지 어두우신 눈이 보이게 된다면, 어떻게든 삼백 석을 준비하겠어요."

"심청아, 나도 우리 집안 형편은 잘 안다. 아무리 시주하고 싶어도 어찌 삼백 석을 구할 수 있겠느냐?"

"아버지, 그런 말씀 마세요. 지성이면 감천이라고 했으니 잘 될 거예요."

심청은 심 봉사의 말을 들은 그날부터 한밤중에 깨끗한 물을 떠 두고 북두칠성을 향해 무릎을 공손히 꿇고 두 손 모아

빌었어요.

"하늘이시여, 부디 소녀의 소원을 들어주시옵소서. 앞을 보지 못하는 소녀의 아버지를 위해 이 몸을 바치겠사오니 부디 아버지 눈을 뜨게 하시고 좋은 부인을 만나 행복하게 지낼 수 있도록 해 주세요."

심청이 하늘에 빈 지 며칠 후, 이웃집 귀덕 어미가 찾아와 고개를 갸우뚱하며 심청에게 말했어요.

"심청 아가씨, 이상한 일을 보았소. 마을에 십여 명씩 무리를 지어 다니는 웬 남자들이 값은 따지지 않겠으니 열다섯 살의 처녀를 사겠다고 돌아다니고 있다오. 그런 말도 안 되는 소리를 하는 놈들이 어디 있겠소."

그 말을 듣고 심청이 속으로 기뻐하며 귀덕 어미에게 말했어요.

"그게 정말이오? 그 사람들을 조용히 불러 와 주겠소?"

귀덕 어미가 알겠다고 대답하고는 얼마 지나지 않아 수상한 남자들을 불러왔어요. 그 무리 중 한 남자가 심청에게 말했어요.

"우리는 배를 타고 다니며 장사하는 사람들이오. 배가 가는 길에 인당수라는 곳이 있는데 그곳의 물살이 너무 심해 자칫 잘못하다가는 배가 뒤집힐 수도 있다오. 그런데 열다섯 살 된 처녀를 제물로 바치고 제사를 지내면 무사히 다닐 수 있고 장사도 잘될 수 있다고 하오. 우리도 이러고 싶지는 않지만 몸을 팔 처녀가 있다면 값은 따지지 않고 주겠소."

뱃사람의 말에 심청이 나서서 말했어요.

"우리 아버지께서 앞을 보지 못하시는데 부처님께 공양미 삼백 석을 바치면 눈을 뜰 수 있다고 합니다. 허나 우리 집은 몹시 가난해 쌀을 구할 방법이 없으니 나를 공양미 삼백 석에 사지 않겠습니까? 나이도 딱 열다섯 살입니다."

뱃사람이 그 말을 듣고 마음이 안쓰러워 아무 말 없이 고개를 숙이고 묵묵히 서 있다가 입을 열었어요.

"낭자의 효심이 갸륵하구려. 분명 하늘에서도 낭자의 아버지 눈을 뜨게 해 줄 거요."

그러고는 뱃사람들도 자신들의 일이 급했던 탓에 공양미 삼백 석에 심청을 사기로 했어요. 뱃사람들은 심 봉사의 이름으로 몽운사에 공양미 삼백 석을 바치고 심청에게 말했어요.

"다음 달 십오 일이 배가 뜨는 날이니 그리 아십시오."

뱃사람들과 배를 띄우는 날 만나기로 하고 심청은 귀덕 어미에게 비밀로 지켜 달라며 몇 번이나 다짐을 받았어요. 그러고는 집으로 들어가 심 봉사에게 말했어요.

"아버지, 공양미 삼백 석을 몽운사에 올렸으니 걱정하지 마세요."

이 말에 심 봉사가 깜짝 놀라서 물었어요.

"그게 무슨 말이냐. 삼백 석이 어디에서 나서?"

"일전에 승상 부인께서 소녀에게 말씀하기를 수양딸 노릇을 하라고 하셨어요. 처음에는 거절했지만 공양미 이야기를 말씀 드렸더니 승상 부인이 기뻐하며 쌀 삼백 석을 주시기에 몽운사로 보내고 저는 수양딸이 되기로 했어요."

아무 것도 모르는 심 봉사는 공양미 삼백 석을 바칠 수 있는 데다 심청이 부잣집에서 편히 살 수 있다는 생각에 좋아하며 물었어요.

"그 일 잘되었구나. 언제 데려간다더냐?"

"다음 달 십오 일에 데려간다 하옵니다."

기뻐하는 심 봉사를 보고 심청은 마음이 아팠어요. 아직 어린 나이에 죽을 생각과 앞 못 보는 아버지를 두고 떠날 생각을 하니 정신이 아득해지는 것 같았어요. 심청은 밤늦도록 잠도 못 들고 하늘에 떠 있는 달을 쳐다보며 중얼거렸어요.

"내 몸이 죽으면 우리 아버지 옷을 누가 해 드리나. 내가 아직 살아 있을 때 아버지 옷을 지어 드려야겠다."

심청은 배에 오르기 전까지 심 봉사의 여름옷과 겨울옷까지 지어 장롱에 넣어 두고 망건도 새로 사서 걸어 두었어요.

마침내 약속한 십오 일이 되었어요. 한숨도 못 잔 심청은 심 봉사의 아침상을 짓기 위해 문을 열고 나가 보니 벌써 뱃사람들이 사립문 밖에 와 있었어요.

"약속한 날이오. 어서 갑시다."

그 말에 심청의 두 눈에서 눈물이 핑 돌아, 목이 메었어요. 심청은 울음을 꾹 참고 사립문 밖에 나가서 뱃사람들에게 부탁했어요.

"오늘인 것은 이미 알고 있지만, 아버지는 모르시니 불쌍하신 우리 아버지 상이나 마지막으로 차려 올리고 갈 수 있게 해 주시오."

심청을 가엾게 여긴 뱃사람들은 고개를 끄덕이고 기다리겠다고 했어요. 심청은 눈물을 뚝뚝 흘리며 밥을 지어 심 봉사 앞에 상을 올렸어요.

"아버지, 진지 많이 잡수세요."

"오냐, 많이 먹으마. 오늘따라 반찬이 매우 좋구나. 어느 집에 제사라도 지냈느냐?"

심청은 아무 대답도 못 하고 울음을 꾹 참았어요. 심 봉사가 식사를 마치자 상을 치운 후, 심청은 깨끗한 옷으로 갈아입고 심 봉사 앞에 서 있다가 눈물을 뚝뚝 흘리며 털썩 주저앉았어요. 심청이 흐느끼는 소리에 깜짝 놀란 심 봉사가 물었어요.

"아가, 웬 일이냐."

심청이 심 봉사 앞에서 무릎을 꿇고 통곡을 하며 말했어요.

"아버지……. 불효자식인 저를 용서해 주세요. 제가 아버지를 속였어요. 실은 장사꾼들에게 쌀 삼백 석에 제물로 팔려 인당수에 가기로 했어요. 오늘이 배가 뜨는 날이니 저는 오늘로 마지막입니다."

심 봉사는 너무 기가 막혀 울음도 나오지 않았어요. 아무 말도 못하고 있던 심 봉사는 더듬거리며 심청이의 손을 찾아 붙잡고 덜덜 떨며 말했어요.

"청아, 이게 웬 말이냐. 나한테 묻지도 않고 마음대로 한단 말이냐? 네가 살고 내 눈 뜨면 좋겠지만 네가 죽고 내 눈 뜨면 그게 무슨 소용이 있느냐. 네 어미가 너를 낳고 죽은 후에, 눈조차 어두운 내가 품안에 너를 안고 이 집 저 집 다니면서 동냥젖을 얻어 먹여 이만큼이나 자랐기에 한시름 놓았더니 이게 웬 말이냐. 눈을 팔아 너를 살릴지언정 너를 팔아 눈을 산다고 한들 그 눈은 있어 무엇하겠느냐. 차라리 내가 제물이 되겠다. 인당수에 내가 대신 가마. 날 죽여라. 날 죽여라!"

심 봉사가 악을 쓰자 심청이 심 봉사를 붙들고 말렸어요.

"아버지, 부디 저를 용서하세요."

부녀가 서로 붙들고 통곡하니 마을 사람들 모두 그 모습을 보고 슬퍼했어요. 뱃사람들도 눈물을 흘렸어요.

그때, 건넛마을의 승상 부인이 심청이가 몸을 팔아 인당수로 간다는 말을 늦게야 듣고 하녀를 시켜 심청을 데려오게 했어요. 하녀와 함께 심청이 승상 부인의 집에 도착하자 승상 부인이 밖에 나와 심청의 손을 잡고 눈물지으며 말했어요.

"심청아, 내가 너를 자식같이 여겼는데 너는 나를 잊었느냐. 아버지 눈을 띄우려고 몸을 팔아 죽으러 간다 하니 효성은 지극하지만 네가 죽어서야 되겠느냐. 차라리 내게 와서 사정을 말했으면 이 지경까지 되지 않았을 것을 어찌 이렇게 어리석은 짓을 하였느냐. 내 쌀 삼백 석 줄 것이니 뱃사람들을 불러 도로 돌려주고 네 목숨을 구하거라."

심청이 그 말을 듣고 한참 생각을 하다 공손하게 말했어요.

"부모를 위해 정성을 다하려는데 어찌 남의 재물을 바라겠습니까? 쌀 삼백 석을 다시 돌려준다고 해도 뱃사람들은 배를 띄울 수 없어 곤란할 것입니다. 효도를 한다는 것이 그만 불효를 저지르게 되었지만 이제 와서 어쩔 수 없는 일입니다. 승상 부인의 은혜는 죽어서도 잊지 않겠습니다."

승상 부인은 안타까웠지만 할 수 없이 눈물만 흘리다가 심청에게 말했어요.

"네 얼굴을 못 보고는 살 수가 없겠구나. 네 모습을 화공에게 부탁하여 남겨 두고 볼 것이니 잠깐만 시간을 다오."

승상 부인은 솜씨 좋은 화공을 급히 불러 심청을 그리게 했어요. 화공은 심청의 백옥같이 고우면서도 수심 어린 얼굴과 새까만 머릿결을 화폭에 담아냈어요. 화공이 그림 그리기를 마치자 심청이 부인에게 붓과 벼루를 부탁하여 그림 옆에 승상 부인을 위해 시를 한 수 지었어요.

살고 죽는 것은 한동안의 꿈인데
어찌 정이 그리워 눈물로 적시는가
세상에서 가장 마음을 아프게 하는 것은
봄에 강남으로 간 사람 돌아오지 않음이라

심청의 글을 읽고 승상 부인이 놀라서 말했어요.

"네 글이 신선의 솜씨 같구나. 내가 이런 너를 어찌 보낸단 말이냐."

심청은 승상 부인과 한참동안 부둥켜안고 울며 이별을 했어요. 심청이 다시 집으로 돌아오자 심 봉사가 심청을 안고 통곡했어요.

"청아, 나도 가자, 나하고. 죽어도 같이 죽고 살아도 같이 살자."

"아버지, 저는 생각하지 마시고 부디 눈을 떠서 착한 아내를 만나 자식 낳고 행복하게 지내세요."

심청은 마지막으로 심 봉사에게 공손히 절을 하고 울면서 뱃사람들을 따라갔어요.

뱃사람들은 심청을 배에 태우고 북을 둥둥 울리면서 출발했어요. 얼마 지나지 않아 바람이 세게 몰아치는 곳에 다다랐는

데 그곳이 바로 인당수였어요. 출렁이는 바다 한가운데서 배는 갈 곳을 잃었어요. 사방은 안개로 뒤덮여 앞이 보이질 않았고 산 같은 파도가 배를 심하게 흔들어 댔어요. 뱃사람들은 배가 뒤집힐까 두려워하며 급히 고사 지낼 준비를 했어요. 쌀로 밥을 짓고 큰 돼지를 잡고 온갖 음식을 준비한 후, 몸을 깨끗하게 한 심청에게 고운 옷을 입히고 뱃머리에 앉혔어요. 그리고 북을 둥둥 울리며 고사를 지냈어요.

"바다의 용왕님이시여, 깨끗하고 아름다운 처녀를 바치오니 부디 노여움을 푸시고 배가 무사히 육지에 닿도록 하여 주시옵소서!"

고사를 드리고 뱃사람들이 심청에게 인당수에 뛰어들라고 말했어요. 뱃머리에 선 심청은 눈앞이 어질어질했어요. 막상 파도가 출렁이는 바닷속으로 뛰어들자니 겁이 났어요. 심청은 뱃머리에 서서 기도했어요.

"비나이다, 비나이다. 부디 제 목숨을 거두어 가시는 대신 우리 아버지의 어둔 눈을 밝혀 주소서."

그러고는 눈을 질끈 감고는 치마폭을 뒤집어쓰고 인당수로 뛰어들었어요. 그 모습을 본 뱃사람들은 안타까워했지만 심청이 물속으로 사라지자 비바람이 몰아치던 인당수는 어느덧 언제 그랬냐는 듯 잠잠해졌어요.

심청이 인당수에 뛰어들 때, 승상 부인은 심청의 모습이 담긴 족자를 벽에 걸어 두고 보고 있었어요. 그런데 갑자기 족자의 빛이 검어지더니 물이 흐르는 것이었어요.

"심청이가 죽었구나."

승상 부인이 슬픔을 못 이겨 족자 앞에서 흐느껴 울고 있었는데 갑자기 검게 변했던 족자가 다시 밝아지기 시작했어요.

"혹시라도 누가 건져 내어 심청이가 살아난 것일지도 모르겠구나."

승상 부인은 혹시나 하는 마음에 매일 밤 심청을 위해 기도했어요. 한편 마을 사람들은 심 봉사를 위해 조금씩 돈을 모아 먹고살 수 있는 양식을 심 봉사에게 마련해 주었고 심청의 지극한 효심을 잊지 않기 위해 비석을 세웠어요.

제 아버지 두 눈 먼 것 위하여
목숨을 바쳐 효도하며 용궁에서 죽었구나
안개 긴 물결 깊이깊이 만 리에 이르렀는데
해마다 푸른 강물에 한이 끝없구나

강가에 이 비를 세워 놓으니 지나다니는 사람마다 그 비석에 적힌 글을 보고 안타까운 사연에 눈물을 흘렸어요.

부모가 낳아 준 귀한 몸을 어쩔 수 없이 바친 심청의 효성에 관한 이야기는 하늘에서도 알고 있었어요. 심청의 사연을 안타깝게 여긴 옥황상제는 바닷속의 용왕에게 명령했어요.

"내일 심청이 인당수에 빠질 것이니 그대들이 심청을 수정궁으로 데리고 가 때를 기다려 다시 인간 세상으로 돌려보내시오."

옥황상제의 명령을 받은 용왕이 황급히 신하들을 시켜 인당수에서 기다렸더니 정말로 백옥같이 고운 한 소저가 바닷속으로 떨어졌어요. 정신을 잃은 심청을 여러 선녀들이 부축하여 고이 수정궁으로 데려갔어요. 잠시 후 정신을 차린 심청이 깜짝 놀라 물었어요.

"이곳이 저승입니까?"

"아닙니다. 용궁의 수정궁이랍니다. 옥황상제의 명으로 이곳에 모시게 되었습니다."

한 선녀가 공손하게 대답했어요. 그날 이후로 심청은 극진한 대접을 받으며 지냈어요. 이렇게 근심 없이 수정궁에서 보내는 도중, 하루는 하늘에서 옥진 부인이 온다는 소문에 용궁이 떠들썩했어요. 옥진 부인이 누구인지 모르던 심청이 자리에서 일어나 공중을 바라보니 옥색 구름이 가득 끼고 요란한 풍악 소리가 들려왔어요. 그리고 선녀들의 시중을 받으며 옥진 부인이 내려왔어요. 아름다운 옥진 부인은 심청을 보더니 따뜻하게 웃으며 말했어요.

"심청아, 네 어미인 내가 왔다."

심청은 깜짝 놀라 옥진 부인에게 뛰어갔어요. 그러고는 옥진 부인의 목을 끌어안으며 말했어요.

"어머니! 진정 제 어머니이신가요! 소녀는 아버지 덕분에 죽지 않고 이렇게 어머니를 만났건만 외로우신 우리 아버지는 어찌 지내고 계실지 걱정입니다."

심청은 어머니를 만났다는 기쁨에 눈물로 얼룩진 얼굴로 옥진 부인의 품에 안겨 뺨도 비벼보고 손도 꼭 쥐어 보며 반가워했어요. 이 모습에 옥진 부인은 마음이 짠해져서 심청의 등을 쓰다듬으며 말했어요.

"울지 말거라, 내 딸아. 내가 너를 낳고 난 후, 옥황상제께서 불러 세상을 떠났지만 우리 서방님과 너를 생각하면 마음이 아팠구나. 허나 이제 하늘이 도와주시어 이렇게 너를 만났으니 기쁘구나."

심청은 옥진 부인의 말에 눈물을 흘리면서 기뻐했어요. 그리고 옥진 부인 옆에서 지금껏 있었던 일들을 말하며 며칠 동안 수정궁에서 행복한 시간을 보냈어요.

그러던 어느 날 옥진 부인이 슬픈 표정으로 심청의 손을 꼭 잡으며 말했어요.

"모녀간에 오랜만에 만나 더 함께 있고 싶지만 옥황상제께서 부르시니 다시 하늘에 올라가 봐야 할 것 같구나."

"어머니. 이제 어머니를 만나 오랫동안 어머니를 모실 수 있을 줄 알았더니 갑자기 이별이라니요. 어머니, 제발 가지 마세요."

하지만 하늘의 뜻을 거스를 수는 없었어요. 옥진 부인은 심청과 작별하고는 다시 공중으로 올라갔어요. 다시 어머니와 헤어진 심청은 수정궁에서 쓸쓸한 마음을 달래고 있었어요. 그러던 어느 날 또다시 옥황상제로부터 명령이 내려왔어요.

"효녀 심청을 연꽃 봉오리 속에 고이 모셔 인당수로 도로 내보내거라."

용왕은 가장 크고 탐스러우며 아름다운 연꽃을 구해 심청을 그 안에 고이 모셔 인당수로 띄워 보냈어요. 꽃 속에 담겨 인당수로 향하는 심청은 마치 꿈을 꾸는 것만 같았어요.

그때, 심청을 바친 후 무사히 장사를 마치고 돌아오던 뱃사람들은 인당수에 도착해 심청의 넋을 기리는 제사를 지내고 있었어요. 모두들 효녀 심청을 생각하며 눈물을 흘리고 있는데 커다랗고 아름다운 연꽃이 인당수에 둥실둥실 떠 있는 것을 발견했어요.

"내 평생 저렇게 크고 아름다운 꽃은 처음 본다. 저 꽃은 아마도 심청의 혼인가 보다."

그때 흰 구름 사이에서 푸른 옷을 입은 신선이 공중에 학을 타고 나타나 외쳤어요.

"바다 위에 떠 있는 뱃사람들아, 이 꽃은 하늘이 내려 준 꽃이다. 각별히 조심하여 곱게 모셔 황제께 바쳐라. 만일에 그렇게 하지 않으면 벼락을 내리겠다."

뱃사람들이 그 말을 듣고 두렵고 겁이 나서 벌벌 떨며, 그 꽃을 고이 건져 육지로 돌아왔어요.

그때 송나라 황제는 아름다운 꽃을 보는 것으로 황후 잃은 슬픔을 달래고 있었어요. 꽃을 좋아하던 황제에게 뱃사공들이 찾아와 신선의 말을 전하며 연꽃 한 송이를 바쳤어요.

"정말 크고 아름다운 연꽃이구나! 이런 꽃은 본 적이 없다."

황제는 기뻐하며 꽃을 옥쟁반에 받쳐 놓고 잠이 들었어요. 그날 밤 꿈에 신선이 학을 타고 나타나 말했어요.

"황후를 잃은 슬픔을 옥황상제께서 아시고 인연을 보내셨으니 어서 꽃송이를 살피소서."

꿈에서 깬 황제는 궁녀를 불러 옥쟁반에 놓인 꽃을 살폈어요. 그러자 놀라운 일이 일어났어요. 빛이 나더니 꽃이 없어지고 아름다운 아가씨가 앉아 있는 것이었어요. 바로 심청이었어요.

"당신이 하늘에서 내려 준 황후로군!"

황제는 기뻐하며 심청을 황후로 삼았어요. 모든 신하들과 백성들도 하늘에서 내려 준 황후라며 심청을 반겼어요.

"우리 황후, 만수무강하옵소서."

심 황후는 이제 나라의 귀한 몸이 되었으나 앞 못 보는 아버지 생각에 걱정이 태산 같았어요.

"불쌍하신 우리 아버지 잘 계실까? 부처님의 덕으로 눈을 떠서 행복하게 지내실까?"

심 황후의 얼굴에 수심이 가득하고 두 눈에 눈물이 고여 있는 것을 본 황제가 걱정이 되어 물었어요.

"황후의 얼굴에 슬픔이 가득하니 무슨 일이라도 있으시오?"

황후는 지금까지 있었던 일을 자세히 황제에게 털어 놓았어요. 황후의 이야기를 들은 황제는 고개를 끄덕이며 칭찬했어요.

"황후의 효심이 지극하구려. 내가 어떻게 해 주면 좋겠소?"

"제 불쌍한 아버지를 찾고 싶습니다. 눈먼 이들을 불러 모아 잔치를 열어 주시면 제 아버지를 찾을 수 있을지도 모릅니다. 또한 앞 못 보는 불쌍한 맹인들에게도 좋은 일 아니겠습니까?"

황제는 즉시 신하를 불러 맹인들을 위한 잔치를 열기로 했어요. 거리 곳곳마다 황제가 사는 황성에서 잔치를 연다는 소식을 알려 맹인들을 황성으로 불러들였어요. 소문을 들은 맹인들은 황성에 찾아와 잔치를 즐겼어요. 심청은 맹인들 사이에서 애타게 아버지를 찾았지만 심 봉사의 모습은 어디에도 보이지 않았어요.

한편 심 봉사는 아직까지 눈을 뜨지 못하고 있었어요. 다행히 동네 사람들과 승상 부인의 도움으로 생활에는 별 어려움이 없었어요. 그러던 중 뺑덕 어미라 불리는 여인이 있었는데 심 봉사의 재산이 넉넉한 줄 알고 첩으로 들어온 여인이었어요. 심 봉사의 재산을 노리고 들어온 뺑덕 어미의 행실이 어찌나 고약한지 툭하면 이웃과 싸움을 하고 욕을 해댔어요. 뿐만 아니라 심 봉사가 겨우 모은 돈을 술 마시고 엿 사 먹는 데 흥청망청 써 버리며 심 봉사를 더 힘들게 만들었어요.

'재산이 많은 줄 알고 들어왔더니 가난하기 짝이 없군! 얼른 이 집을 나가 버려야겠다.'

이왕 첩으로 들어온 김에 뺑덕 어미는 심 봉사의 재산을 다 쓰고 도망칠 작정으로 돈을 펑펑 써댔어요. 뺑덕 어미 때문에 심 봉사의 살림살이는 말도 안 나올 정도로 형편없어졌어요.

하루는 심 봉사가 뺑덕 어미를 불러 말했어요.

"여보, 처음엔 우리 살림살이가 괜찮았는데 지금은 남은 돈이 얼마 안 된다 하니 이러다가 또 동냥질을 해야 할 것 같소. 하지만 이 동네에서는 동네 사람들 보기 부끄러워 동냥질을 할 수 없으니 다른 곳으로 이사 가는 게 어떻소?"

"뭐, 원하신다면 해야지요."

"그럼 이사 갑시다. 혹시 동네 사람에게 빚은 없소?"

"내가 조금 줄 것이 있어요."

"얼마나 되오?"

"뒤편 높은 주막에 가서 해장술 마신 값이 마흔 냥."

뺑덕 어미의 말에 기가 막힌 심 봉사는 다시 물었어요.

"잘 먹었다. 또?"

"저 건너 불똥이 할머니에게 엿 값이 서른 냥."

"잘 먹었다. 또?"

"안촌에 담배 값이 쉰 냥."

물어도, 물어도 끝이 없는 뺑덕 어미의 대답에 심 봉사는 어이가 없었어요. 심청이 덕분에 겨우 모은 재산이 술값으로 다 빠져나간다는 사실이 심청에게 너무나 미안했어요. 심 봉사는 심청이 떠나간 강변에 홀로 나와 딸을 부르며 울었어요. 그렇게 울고 있는데 한 수령이 심 봉사를 보고 말했어요.

"여보게, 나라에서 부르니 어서 가시오."

심 봉사가 깜짝 놀라 두 손을 저으며 말했어요.

"나는 아무 죄가 없는데 어딜 간단 말이오?"

"걱정 말고 가 보시게. 황성에서 나라의 모든 맹인들을 불러 큰 잔치를 열어 준다고 하니 어서 올라가 보시게나."

수령의 말을 들은 심 봉사는 집에 돌아와 뺑덕 어미에게 말했어요.

"이보게, 뺑덕이네."

뺑덕 어미는 심 봉사가 홧김에 물에 빠져 죽은 줄 알고 남은 살림은 이제 내 차지라며 속으로 은근히 좋아하고 있었는데, 심 봉사가 들어오자 당황하여 얼른 대답했어요.

"예, 예."

"여보 마누라, 나라에서 맹인 잔치를 한다고 날더러 가라고 하더군. 내 다녀올 동안 집안을 잘 살피고 돌아오기를 기다리시오."

"남편 가는데 아내가 안 갈 수 있나요? 나도 같이 가겠어요."

"당신 말이 고마우니 같이 가 볼까? 건넛마을의 김 장자에게 돈 삼백 냥을 맡겼으니, 그 돈 중에 오십 냥만 가지고 갑시다."

"에그 봉사님, 그 돈 삼백 냥은 벌써 찾아 살구 값으로 다 썼어요."

심 봉사가 기가 막혀 말했어요.

"뭐라고! 삼백 냥을 찾아와서 살구 값으로 전부 없앴단 말이오?"

"그까짓 돈 삼백 냥을 썼다고 노여워하시나요?"

"당신 말하는 꼴을 들어 보니 귀덕이네 집에 맡긴 돈도 다 썼겠군."

"그 돈 백 냥 찾아서는 떡값, 팥죽 값으로 벌써 다 썼어요."

심 봉사는 더욱 기가 막혀 화를 냈어요.

"애고 이 몹쓸 년아, 내 딸 효녀 심청이가 인당수에 갈 때 나를 위해 겨우 준비한 돈을 네년이 무엇이라고 떡값, 살구 값,

팥죽 값으로 다 썼단 말이냐."

"그러면 어찌해요. 먹고 싶은 것 안 먹을 수 있어요. 어쩐 일인지 요새 속이 더부룩한 게 신 것만 먹고 싶고 밥은 쳐다보기도 싫어요."

순진한 심 봉사는 이 말을 듣고 깜짝 놀라 물었어요.

"여보, 혹시 애가 생긴 것 아니오? 알겠으니 서울 구경도 하고 황성에서 여는 잔치도 같이 갑시다."

심 봉사는 기뻐하며 뺑덕 어미를 앞장세우고 그 뒤를 따라 맹인 잔치를 여는 황성으로 올라갔어요. 한참을 걷다 심 봉사와 뺑덕 어미는 한 주막에 들러 하룻밤을 묵기로 했어요. 그곳에서 뺑덕 어미는 황 봉사라는 소경을 만났어요. 뺑덕 어미는 속으로 생각했어요.

'심 봉사 따라 잔치에 간다 해도 멀쩡하게 눈 뜬 나는 참가도 못 할 게 뻔하고 집으로 돌아가 봤자 외상값에 시달릴 테니 황 봉사나 따라가면 한 철 정도는 살구를 실컷 먹을 수 있겠지?'

결국 뺑덕 어미는 심 봉사의 돈까지 훔쳐 밤중에 몰래 도망갔어요. 불쌍한 심 봉사는 아무것도 모르고 다음날 일어나 말했어요.

"여보, 뺑덕 어미 어서 갑시다. 무슨 잠을 그리 오래 자오."

하지만 이미 수십 리나 달아난 뺑덕 어미가 대답할 리 없었어요.

"여보게, 마누라."

아무리 불러 봐도 대답이 없으니 심 봉사가 이상하게 생각해서 머리맡을 더듬어 보았어요. 그랬더니 돈과 옷들을 싼 보자기가 손에 잡히지 않았어요. 그제야 뺑덕 어미가 도망친 것을 눈치채고 자신의 팔자를 탓하며 홀로 길을 떠났어요. 심 봉사는 외롭게 걷고 또 걸어 황성이 있는 장안에 겨우 도착했어요. 장안에 도착한 심 봉사가 다리를 건너갈 때 한 여인이 불러 세웠어요.

"혹시 심 봉사님 아니십니까? 잠시 저를 따라와 주시겠습니까?"

장안에 아는 사람이라곤 한 명도 없는 심 봉사는 이상하게 생각하면서도 그 여인을 따라갔어요. 여인이 데리고 간 곳은 굉장히 큰 집이었어요. 저녁상도 상다리가 휘어질 정도로 어마어마하게 많이 차려져 있었어요. 저녁을 다 먹은 후에 심 봉사가 물었어요.

"그런데 내가 심 봉사인 걸 어찌 알았소?"

"아는 방법이 있습니다. 제 성은 안 가라 하는데, 열 살 전에 소경이 되어 점치는 법을 배웠습니다. 그런데 간밤에 꿈에서 제 배필이 저와 같은 소경에 성이 심 가라는 것을 알고 이렇게 모시게 되었습니다."

그렇게 심 봉사와 안씨 여인은 혼인을 하게 되었어요. 그런데 그날 밤, 심 봉사가 이상한 꿈을 꾸었어요. 다음 날 아침 심 봉사가 걱정스러운 듯 안씨 여인에게 물었어요.

"들어 보시오. 내가 간밤에 꿈을 꾸었는데 내 가죽을 벗겨 북을 치고 낙엽이 떨어져 나무뿌리를 덮은 데다 불이 난 곳에 벌 떼가 오고 갔다오. 아마 반드시 죽을 꿈인가 보오."

안씨 여인이 한참 동안 생각을 하고 대답했어요.

"그 꿈은 좋은 꿈입니다. 가죽을 벗겨 북을 만들어 궁 안에 울리게 하니 서방님께서 궁 안에 들어간단 뜻이고 낙엽이 떨어져 나무뿌리를 덮는 것은 헤어진 자식을 만난다는 것이며 불이 난 곳에 벌 떼가 오고 가는 것은 몸이 펄펄 뛰었으니 즐거움을 보고 춤출 일이 있겠다는 뜻입니다."

그 말을 듣고 심 봉사가 탄식하여 말했어요.

"내 딸 심청이는 인당수에 빠져 죽었는데 자식과 다시 만난다니 어느 자식과 만난단 말이오."

심 봉사는 한숨을 내쉬고 안씨 여인 집에 며칠을 머물다가 다시 황성으로 길을 떠났어요.

심 봉사가 황성에 도착하니 황성에는 소경들이 북적이고 있었어요.

"맹인 잔치가 곧 끝나가니 어서 와서 줄을 서시오!"

문지기가 외치는 소리에 황성 주변에 있던 소경들이 지팡이로 땅을 짚어 가며 줄을 섰어요. 소경들은 사는 곳과 이름을 문지기에게 말하고 황성에 한 명씩 들어가고 있었어요. 이때, 심 황후는 날마다 황성에 찾아오는 소경들의 사는 곳과 이름을 받아 보았지만 아무리 찾아보아도 심 봉사의 이름이 없어 한숨을 내쉬고 있었어요.

"불쌍하신 우리 아버지는 살아 계신 걸까, 아니면 부처님 덕에 그사이 눈을 떠서 잘 지내시는 걸까. 아버지 소식을 접할 길이 없어 답답하기만 하구나."

심 황후가 혹시나 하는 마음에 황성에 모여 잔치를 벌이고 있는 소경들을 둘러보고 있는데 잔칫상 맨 끝 쪽에 낯익은 얼굴이 보였어요. 머리는 이미 하얗게 새었지만 분명히 심 봉사의 얼굴이었어요. 심 황후는 놀라 시녀를 시켜 말했어요.

"저 끝에 있는 소경을 불러오시게."

아무 것도 모르고 심 봉사는 황후 앞에 무릎을 꿇고 앉았어요. 심 봉사는 감히 고개도 들지 못하고 엎드려 말했어요.

"귀하신 황후마마께서 소인을 부르시니 황공하옵니다."

"그대는 어디 사는 누구신가?"

"저는 황주 도화동에 사는 심학규입니다. 스무 살에 눈이 멀고 마흔 살에 아내를 잃어 어린 딸자식을 동냥젖 얻어 먹여 근근이 길러 내어 딸이 열다섯 살이 되었는데 이름은 심청이었습니다. 그 딸은 효성이 지극하여 몽운사 부처님께 공양미 삼백 석을 시주하면 제가 눈을 뜰 수 있다는 말을 듣고 뱃사람들

에게 공양미 삼백 석에 몸을 팔아 인당수에서 죽었습니다. 허나 저는 아직까지 눈도 못 뜨고 자식만 잃어 여기까지 오게 되었습니다."

심 황후가 심 봉사의 말을 하나하나 들어 보니 자신의 이야기임에 틀림없었어요. 심 봉사의 이야기를 들으며 눈물을 흘리던 심 황후는 버선발로 뛰어 내려가 심 봉사의 목을 끌어안고 말했어요.

"아버지, 제가 물에 빠진 심청이옵니다. 심청이 살았으니 어서 눈을 뜨시고 딸의 얼굴을 보세요."

심 봉사가 깜짝 놀라 심청의 얼굴을 손으로 더듬어 보고 울면서 말했어요.

"오뚝한 코하며 고운 볼이 정말 내 딸 심청이로구나! 이게 웬일이냐?"

그 순간, 흰 구름이 자욱하게 끼더니 아름다운 봉황새와 학이 구름 속을 날아다녔어요. 그리고 심 봉사의 머리 위로 안개가 끼더니 심 봉사의 두 눈이 번쩍 떠지는 것이었어요. 순식간에 환한 빛이 들어오자 깜짝 놀란 심 봉사는 눈을 질끈 감았어요. 심 봉사가 눈을 비비며 앞을 보니 눈앞에는 고운 옷을 차려입은 어여쁜 딸이 눈물을 흘리고 있었어요. 심 봉사는 크게 기뻐하며 딸을 안고 말했어요.

"이게 누구냐. 꿈에서나 보던 얼굴이구나. 고운 목소리는 같

부원군 … 왕비의 친아버지에게 내리는 벼슬

부부인 … 임금의 장모에게 주던 정일품의 직위

지만 우리 딸 어여쁜 얼굴은 처음일세. 얼씨구 좋구나. 이런 경사가 또 있을까. 어둡던 눈을 뜨고 나니 죽은 줄만 알았던 내 딸이 황후가 되어 황성에 있구나. 허허, 좋구나. 이런 경사가 어디 있나."

아버지를 찾게 된 심 황후가 기뻐하자 황제도 기뻐하며 심 봉사를 부원군●에 봉하고 안씨 여인을 부부인●에 봉했어요. 또한 심 황후가 살던 도화동 마을 사람들에게 상을 내리고 심 황후가 자랄 때 젖을 먹여 주던 부인들에게는 집을 한 채씩 내렸어요. 또 승상 부인을 황성으로 정중히 모셨어요. 심 황후와 승상 부인이 서로 손을 잡고 반가워서 우는 모습에 사람들도 감격하여 눈물을 흘렸어요. 하늘도 감동한 심 황후의 지극한 효성은 많은 사람들의 입에서 입으로 전해졌어요. 심 황후의 어진 보살핌 속에서 사람들은 모두 행복하게 지낼 수 있었어요.

『심청전』과 인과응보

『심청전』은 삼국 시대 이후 조선 중기까지 판소리 사설로 구전되어 오다가 조선 숙종 이후 판소리계 소설로 정착이 되었어요. 또한 『심청전』은 구전되다 보니 여러 사람에 의해서 내용이 더해지거나 빠지면서 오늘날의 내용으로 자리를 잡았어요. 『심청전』은 불교의 인과응보와 환생을 바탕으로 유교의 효 사상을 그리고 있어요. 인과응보란 전생에 지은 선악에 따라 현재의 행복과 불행이 있고, 현세에서의 선악의 결과에 따라 다음 생에의 행복과 불행이 나뉜다는 것을 말해요. 고대 소설 『심청전』은 후에 이해조에 의해서 신소설 『강상련』으로 개작되었어요.

★ 공부의 즐거움을 깨치는
〈공부가 되는〉 시리즈!

공부가 되는 세계 명화
글공작소 글 | 18,000원

공부가 되는 한국 명화
글공작소 글 | 18,000원

공부가 되는 그리스로마 신화
글공작소 글 | 12,000원

공부가 되는 별자리 이야기
글공작소 글 | 12,000원

공부가 되는 공룡 백과
글공작소 글 | 장은경 그림 | 13,000원

공부가 되는 탈무드 이야기
글공작소 엮음 | 12,000원

공부가 되는 삼국지
나관중 원작 | 장은경 그림 | 12,000원

공부가 되는 유럽 이야기
글공작소 글 | 14,000원

공부가 되는 조선왕조실록 1,2 (전2권)
글공작소 글 | 김정미 감수 | 각 13,000원

공부가 되는 저절로 영단어
다니엘 리 글 | 14,000원

공부가 되는 우리문화유산
글공작소 글 | 14,000원

공부가 되는 저절로 고사성어
글공작소 글 | 15,000원

⭐ 〈성격과 기질로 알아보는〉 시리즈

**성격과 기질로 알아보는
어린이 직업백과**
글공작소 글 | 김영석 그림
17,000원

**성격과 기질로 알아보는
롤모델 인물백과**
글공작소 글 | 김영석 그림
19,000원

⭐ 아름다운사람들의 똑똑한 도서

**아름다운 어른이 되는
생각 습관**
다니엘 리 엮음
12,000원

엄마는 외계인
박지기 글 | 조형윤 그림
8,500원

⭐ 우리 아이 지성·감성·품성 키우는 〈번쩍 시리즈〉

가치 번쩍 품성 동화
글공작소 엮음
9,800원

좌뇌 번쩍 논리 동화
글공작소 엮음
9,800원

우뇌 번쩍 감성 동화
글공작소 엮음
9,800원

⭐ 꿈공작소 꿈을 이루는 우리 아이 성장 동화

1 알몸으로 학교 간 날
타이-마르크 르탄 글 | 벵자맹 쇼 그림 | 이주희 역 | 값 9,500원

2 도둑맞은 달
와다 마코토 글·그림 | 김정화 역 | 값 9,500원

3 두 발로 걷는 개
이서연 글 | 김민정 그림 | 값 9,800원

4 초강력 아빠 팬티
타이-마르크 르탄 글 | 바루 그림 | 이주희 역 | 값 9,800원

5 마음이 아플까봐
올리버 제퍼스 글·그림 | 이승숙 역 | 값 10,000원

6 천재는 학교를 싫어해!
엘라 허드슨 글·그림 | 이승숙 역 | 값 9,800원

7 날고 싶어!
올리버 제퍼스 글·그림 | 이승숙 역 | 값 12,000원

8 저리 가! 짜증송아지
아네테 랑겐 글 | 임케 쥔니히센 그림 | 박여명 역 | 값 10,000원

⭐ 거꾸로 쓰는 세계명작 창의력을 키우는 반전 동화

1 장화 벗은 고양이
글공작소 글 | 최민오 그림 | 값 9,800원

2 신데렐라 새엄마
글공작소 글 | 이명옥 그림 | 값 9,800원

3 알라딘과 보통 램프
글공작소 글 | 최민오 그림 | 값 9,800원

4 바보 인어공주
글공작소 글 | 이진경 그림 | 값 9,800원

5 백설 공주와 똑똑한 거울
글공작소 글 | 이명옥 그림 | 값 9,800원

6 도둑이 된 잭과 콩나무
글공작소 글 | 강영수 그림 | 값 9,800원

* 위 시리즈는 계속 출간됩니다.